Viktor nimmt ein Bad

Christel Baumgart

Bibliografische Information der Deutschen Nationalbibliothek:
Die Deutsche Nationalbibliothek verzeichnet diese Publikation in der
Deutschen Nationalbibliografie; detaillierte bibliografische Daten sind im
Internet über http://dnb.dnb.de abrufbar.

Herstellung und Verlag: BoD – Books on Demand, Norderstedt

ISBN: 978-3-7519-4879-1

BARBARA MACHT DEN FÜHRERSCHEIN

Meine Freundin Barbara brauchte den Führerschein. Sie war jetzt 28 und bis heute überall mit der Bahn oder dem Bus hingekommen. Oder eben von Freunden, die nicht nur einen Führerschein, sondern auch noch ein Auto besaßen, mitgenommen worden. Im nächsten Jahr würde sie ihr Studium abschließen und sich dann um eine Stelle kümmern müssen. Ohne Führerschein dürften ihre Chancen da nicht sehr gut stehen, das war ihr klar. Also meldete sie sich in der örtlichen Fahrschule an. Nächste Woche sollte es losgehen.

»Kannst du mir nicht schon mal zeigen, wie das geht?«, fragte sie mich.

Kein Problem, dachte ich. Meine eigenen ersten Fahrversuche hatten auf einem Waldweg stattgefunden, sozusagen unter Ausschluss der Öffentlichkeit. Für Barbara fanden wir etwas ähnlich einsam Gelegenes: den Parkplatz eines kürzlich abgebrannten Supermarktes. Am frühen Abend holte ich sie mit meinem VW-Käfer von zu Hause ab und parkte den Wagen am Rand des Geländes. Motor aus, Gang raus, Handbremse angezogen. Dann wechselten wir die Plätze.

Ich wies auf den Fußraum und erklärte, wofür die drei Pedale da waren. Barbara wiederholte konzentriert meine

Worte, tippte dabei auch korrekt mit dem linken oder rechten Fuß auf das entsprechende Pedal. Dann weihte ich sie in die Geheimnisse der Gangschaltung ein. Sie bediente die Kupplung und schaltete hingebungsvoll alle Gänge durch.

»Du brauchst heute aber nur den ersten und den zweiten Gang. Die anderen sind für Fahrten auf der Straße.«

»Ich glaube, das ist alles gar nicht so schwer«, freute sie sich.

»Wenn du es einmal kannst, geht das alles ganz automatisch«, versicherte ich ihr. »Und jetzt lass mal den Motor an. Einfach den Schlüssel rumdrehen.«

»Tuktuktuk.«

Das klappte ja hervorragend. Barbara strahlte.

Ich lobte sie.

»Prima. Und jetzt legst du mal den ersten Gang ein. Und lass den Fuß dann auf der Kupplung.«

Ein kurzer Moment der Überlegung, dann trat Barbara energisch auf die Kupplung und stieß den ersten Gang rein.

»Okay, klappt doch gut. Jetzt gib mal ein klein wenig Gas ...«

Lautes Aufheulen. Im selben Moment zog sie beide Füße zurück und mein armer Käfer machte einen Riesensatz. Stille. Barbara nahm die Hände vom Lenkrad und schaute mich ratlos an.

»Du hast ihn abgewürgt. Das passiert jedem mal. Komm, wir versuchen es einfach noch mal. Die Kupplung nur ganz langsam loslassen und gleichzeitig Gas geben – aber nicht zu viel.«

Barbara versuchte es erneut. Und sie fuhr tatsächlich einige Meter, bevor der Wagen mit heftigem Ruckeln wieder zum Stehen kam. Das konnte sie nicht entmutigen. Wir versuchten es geschätzte zwanzigmal, bis sie es schaffte anzufahren, ein paar Meter vorwärtszukommen und halbwegs sanft wieder anzuhalten. Auf diese Weise hatten wir den Platz fast einmal überquert. Eine gute Gelegenheit für Lektion zwei.

»Pass mal auf, wenn du jetzt wieder fährst, dann lenk doch mal nach links und fahr eine leichte Kurve, damit wir wieder mehr Platz vor uns haben.«

Jetzt hatte ich sie echt überfordert. Lenken war nicht ihr Ding. Sie hatte keinerlei Gefühl dafür, was unten mit den Rädern geschieht, wenn man oben am Lenkrad dreht. Sie gab mir die Chance, ins Lenkrad zu greifen, als sie völlig genervt beide Hände in den Schoß sinken ließ.

»Ich glaube, für heute war es erst einmal genug«, meinte ich, nachdem der Käfer überraschenderweise ohne Murren zum Stillstand gekommen war. Barbara fand das auch. Mir war ihr völliges Versagen beim Lenken ein Rätsel. Auf der Heimfahrt sprach ich daher das Thema noch einmal an.

»Das mit dem Lenken ist eigentlich ganz einfach. Dir fehlt nur noch ein bisschen das Gefühl dafür.«

»Woher soll ich das denn haben? Ich habe noch nie hinter einem Lenkrad gesessen.«

»Du bist doch bestimmt schon mal Autoscooter gefahren. Das ist auch nichts anderes.«

»Ich bin noch nie Autoscooter gefahren«, sagte sie und schüttelte sich. »Ich gehe nicht in so was.«

Okay, das hätte mir eigentlich klar sein müssen. Barbara war kein Mensch, der mit solcherlei Vergnügungen etwas anfangen konnte.

»Und Fahrrad?«, fragte ich noch.

»Fahrrad schon. Aber da ist ein ganz anderer Lenker dran.«

Da hatte sie recht, das musste ich zugeben.

Barbara brachte in den folgenden Wochen sechs Fahrstunden mit dem Fahrlehrer hinter sich.

»Ich musste sogar schon auf der Landstraße fahren, also richtig schnell.«

»Und? Wie hat es geklappt?«

»Ganz gut, so lange es geradeaus ging«, grinste sie. »Könnte ich das mit dem Kurvenfahren nicht auch mal mit dir üben?«

»Wieder auf dem Parkplatz?«

»Das bringt nichts. Da kann man nur so langsam fahren und im ersten Gang komme ich ja schon um die Kurven. Es müsste schon eine Straße sein, auf der ich auch Gas geben kann.«

»Ich kann doch nicht mit dir auf einer öffentlichen Straße rumfahren!«, protestierte ich.

»Ja, ich weiß. Aber was soll ich denn machen? Ich glaube, mein Führerschein wird utopisch teuer. Falls ich ihn überhaupt je schaffe.«

Wir überlegten hin und her. Keinesfalls würde ich sie auf einer öffentlichen Straße hinters Steuer lassen. Schließlich hatte sie einen famosen Einfall.

»Du hast doch mal erzählt, dass ihr mit den Rädern bei euren Ausflügen über asphaltierte Feldwege fahrt. Da ist doch bestimmt kein Verkehr? Vielleicht kommt mal ein Bauer mit seinem Traktor, aber sonst?«

»Das ist die Idee!«, stimmte ich ihr zu. Okay, diese Wege waren in gewissem Sinne natürlich auch öffentlich, aber wann kam da schon mal jemand?

Und so machten wir uns auf in die landwirtschaftlich genutzte Umgebung. Ein am Ortsrand stehendes Schild, das den Bauern eindeutig das Befahren erlaubte, uns aber wohl eher nicht, ignorierten wir großzügig. Weit und breit war niemand in Sicht. Wir wechselten die Sitzplätze. Die kleine Straße war in einem Top-Zustand und führte über eine sehr lange Strecke geradeaus. Barbara würgte den Motor nur zweimal ab, dann ging es los. Souverän schaltete sie in den zweiten Gang und fuhr locker geradeaus.

»Wo kommen denn hier die Kurven?«, fragte sie.

»Ich weiß nicht. Auf jeden Fall gibt es immer wieder Abzweigungen. Da kannst du dann das Abbiegen üben.«

Vergnügt fuhr Barbara weiter geradeaus. Dann schaltete sie unvermittelt in den dritten Gang und legte ein ordentliches Tempo hin.

»Gut so«, lobte ich vorsichtig. »Wenn dann da vorn die Kreuzung zu sehen ist, biegen wir rechts auf den Weg ab.«

Barbara nickte.

Die Kreuzung kam in Sicht.

»Du musst jetzt langsamer werden.«

Barbara schaute angestrengt geradeaus.

»Nimm den Fuß vom Gas. Runterschalten«, sagte ich. »Wir wollen da vorne rechts abbiegen.«

Barbara saß wie gelähmt hinterm Lenkrad. Die Kreuzung kam näher. Mit dieser Geschwindigkeit würden wir nicht abbiegen können.

»Okay, okay, lass gut sein! Fahr einfach geradeaus weiter!«, rief ich, aber da war es schon zu spät. In allerletzter Sekunde führten die Vorstellungen *rechts abbiegen* und *geradeaus* in Barbaras Kopf zu einer fatalen Reaktion, mit der sie es beiden recht machen wollte. Barbara nahm nicht die Strecke geradeaus, sie bog auch nicht im rechten Winkel auf den kreuzenden Weg ab. Barbara entschied sich für die Mitte zwischen diesen beiden Möglichkeiten und fuhr in wildem Galopp diagonal auf einen frisch gepflügten Acker. Mein armer Käfer machte Riesensätze über die dicken Erdschollen, er sprang wie ein aufgekratzter Floh. Während wir in unseren Sitzen hin und her geschleudert wurden, dachte ich jeden Augenblick, wir würden umkippen und uns überschlagen.

Urplötzlich stand der Wagen still. Für eine Sekunde herrschte Totenstille. Dann riss Barbara die Tür auf, sprang aus dem Auto und rannte Hals über Kopf zurück auf die Straße. Ich stieg aus und kam wackelig in der tiefen Schlucht zwischen zwei Ackerschollen zu stehen. Der Reifen neben mir war auch nicht mehr in Gänze sichtbar. Wie sollte ich den armen Käfer hier wieder rausbugsieren?

»Soll ich schieben helfen?«, ertönte Barbaras Stimme aus der Ferne.

»Bloß nicht. Bleib, wo du bist.«

Recht ratlos stieg ich wieder ein und ließ den Motor an. Jetzt bloß nicht festfahren, beschwor ich mich selbst. Mein Gott, wie peinlich das wäre, wenn mich hier jemand rausziehen müsste. Ich versuchte es vorsichtig mit ganz wenig Gas. Der Käfer setzte sich tatsächlich schaukelnd in Bewegung. Selten habe ich so viel Gefühl ins Autofahren gesteckt wie in dieser halben Minute, bis der Wagen wieder Asphalt unter den Reifen hatte.

»Ich weiß nicht, wie das passieren konnte«, sagte Barbara betreten.

»Ich schon. Du hättest einfach mal langsamer fahren können.«

»Ich wusste nicht wie. Es war einfach alles weg.«

»Ist schon gut«, murmelte ich.

Bevor wir uns auf den Heimweg machten, traten wir so gut es ging die dicken Erdklumpen von den Rädern und den Kotflügeln ab und kratzten anschließend den Dreck mit Stöckchen von unseren Schuhen. Immerhin hatten wir Glück im Unglück gehabt und nicht mal eine Beule eingeheimst – weder der Käfer noch wir. Außerdem war ich sicher, dass niemand diese ungeplante »Überlandfahrt« beobachtet hatte. Gott sei Dank.

Barbara bat mich in der Folge nicht mehr um Fahrunterricht. Sie nahm jede Woche drei Fahrstunden und kam nach einem guten Vierteljahr fast fehlerfrei durch die Prüfung.

Barbara hatte den Führerschein!!!

Ein Auto hatte sie bald darauf auch, einen betagten 2CV, eine *Ente*.

»Ich komme euch bald mal besuchen«, verkündete sie, als wir uns an der Uni trafen.

Und dann war es so weit. Eines Nachmittags klingelte sie an der Tür.

»Ich stehe unter den Birken. Da kann ich doch stehen bleiben?«, fragte sie gleich nach der Begrüßung.

»Ist denn kein Parkplatz mehr frei? Du kannst dich ruhig ordentlich auf den Parkplatz stellen, die sind auch für Besucher.«

»Kann ich unter den Birken stehen bleiben?«

»Ich denke schon.«

Es war ein angenehm warmer Sommertag und wir beschlossen wenig später, in der Stadt ein Eis zu essen.

»Ich fahre«, sagte Barbara.

»Oh ja, da bin ich gespannt«, grinste ich.

Die Ente parkte am Straßenrand rechts in Fahrtrichtung. Links waren einige Parkplätze frei.

»Da hättest du dich ruhig hinstellen können«, meinte ich noch einmal.

»Da fahre ich nicht rein.«

»Wieso?«

»Ich parke nur da, wo ich nicht rückwärtsfahren muss.«

»Das verstehe ich nicht.«

»Na, auf die Parkplätze da kann ich vorwärts reinfahren, aber wenn ich wieder wegwill, muss ich da irgendwie rückwärts wieder raus.«

»Ja. Und?«, wagte ich vorsichtig zu fragen.

»Ich sehe immer zu, dass ich einen Parkplatz kriege, wo vorne auch frei ist, sodass ich dann auch vorwärts wieder wegfahren kann.«

»Du musst doch auch Rückwärtsfahren in der Fahrschule gelernt haben?«, fragte ich fassungslos.

»Ja, schon, aber nicht so richtig.«

Ich bestieg die Ente mit einem leicht mulmigen Gefühl in der Magengrube. Barbara fuhr sehr zügig an und bog schnittig in die Hauptstraße ein.

»Da kann ich auch gleich noch tanken«, fiel ihr ein. »Habt ihr hier eine Tankstelle?«

Hatten wir, ein Stückchen weiter. Sie hielt darauf zu und sogleich überkam mich ein Déjà-vu-Empfinden. Barbara nahm den Fuß nicht vom Gas. Sie fuhr mit Karacho auf das Tankstellengelände, hielt auf die mittlere Spur zu und kam tatsächlich nach einem vehementen Bremsmanöver exakt neben einer Zapfsäule zu stehen. Ich schnappte nach Luft und sah sie entgeistert an.

»Das war aber knapp«, stieß ich hervor.

»Ich stehe doch genau richtig.«

»Ja, aber ...« Den Rest verschluckte ich lieber.

Nachdem sie getankt hatte, fädelte sie sich mit einem energischen Pedaltreten in den fließenden Verkehr ein. Was sollte ich da noch sagen?

»Im Kreisverkehr nimmst du gleich die erste Ausfahrt rechts«, erklärte ich den Weg zur Eisdiele. Wir fuhren zwei lockere Runden, dann klappte auch das mit dem Abbiegen.

Barbara lernte in den folgenden Wochen die Tücken des Ente-Fahrens in allen Variationen kennen. Ihr netter junger Nachbar brachte das Fahrzeug ein paarmal in aller Herrgottsfrühe zunehmend genervt zum Anspringen, dann wusste Barbara selbst, was in solchen Fällen der Verweigerung zu tun war. Sie schaffte es auch durch den Winter, den Enten ja grundsätzlich nicht ausstehen können, was sie mit ständig neuen Fehlfunktionen zum Ausdruck bringen. Im Frühjahr trat Barbara ihre neue Stelle in einer anderen Stadt an. Als sie mich ein paar Wochen darauf besuchte, konnte ich beobachten, wie sie problemlos vor dem Haus einparkte. Und später den Parkplatz souverän im Rückwärtsgang wieder verließ.

FORTSCHRITT

Guten Abend, wir berichten aktuell aus unserem Studio in Berlin um 19 Uhr Ost-West-Zeit.

Professor Mischnich ist tot. Wie uns die Staatspolizei soeben mitteilte, wurde Alexander Mischnich, der Entdecker des Lebensdauer-Gens heute in einem Wohnkomplex nahe Stuttgart tot aufgefunden. Ersten Erkenntnissen zufolge handelt es sich um Selbsttötung. Mischnich hatte vor mehr als zwei Jahrzehnten weltweit Aufmerksamkeit erregt, als er angeblich bahnbrechende Ergebnisse zum Lebensdauer-Gen veröffentlichte, die sich jedoch im Nachhinein als wissenschaftlich nicht nachprüfbar erwiesen. Nachdem ihm daraufhin die Lehrlizenz entzogen worden war, verließ Mischnich unser Land und fand in Bayern Exil, wo er beabsichtigte, seine wissenschaftlichen Arbeiten fortzusetzen. Vor vier Monaten hat die Königlich-Bayerische Innenkommission den Professor nach Deutschland abgeschoben, damit er seine Rentenphase hier ableistet. Da Mischnichs Arbeitskonto durch seine Auswanderung nach Bayern bei uns ein großes Defizit aufwies, sollte er in die Stuttgarter Strafanstalt für Abweichler eingewiesen werden. Dem Professor war es allerdings gelungen, sich dem Amtszugriff zu entziehen. Weitere Nachrichten …

Ach nein! Der Mischnich hat sich umgebracht! Den kennt doch heute kein Mensch mehr. Wenn ich daran denke, wie damals die Zeitungen vollstanden mit Berichten über seine Forschungen. Alles unverdautes Zeug. Kaum jemand hat doch zu der Zeit auch nur annähernd verstanden, worum es wirklich ging. Als ich ihn kennenlernte, war er Leiter der Abteilung (Z) Genkarte am Institut für Biotechnik in Heidelberg. Ich hatte einige Male mit ihm zu tun, wenn er plötzlich bei uns in der Tür stand und seine Proben selbst abholen wollte, weil er dem Kurier in heiklen Angelegenheiten misstraute. Er hielt sich niemals länger auf als unbedingt notwendig. Auf uns wirkte er verschlossen und ehrgeizig. Ein stiller Macher, bei dem man sich vorstellen konnte, dass er einmal Karriere machen würde.

Und eines Tages war es dann auch tatsächlich so weit. In *Diskurs*, einer der damals zahlreichen sogenannten Informationssendungen, die in Wahrheit Klatsch auf höherem Niveau betrieben, trat Mischnich abends zur besten Sendezeit auf und verkündete, er habe berechtigten Anlass zu der Vermutung, die Lebensdauer eines jeden Menschen sei bereits zum Zeitpunkt seiner Geburt festgelegt. Seinen Untersuchungen zufolge, die er an über siebzigjährigen lebenden Personen sowie an verstorbenen Kleinkindern durchgeführt hatte, zeigten, dass es zum jeweils erreichten Lebensalter eine ganz bestimmte Entsprechung auf einem Abschnitt der DNS gebe. Er sagte damit eigentlich nicht weniger, als dass es in naher Zukunft möglich sein würde, durch eine einfache Blutentnahme für jedes Individuum dessen erreichbares Alter vorauszusagen.

Die Meldung schlug wie eine Bombe ein. Am anderen Morgen war sie das Hauptthema in sämtlichen Medien: »Todestag für jeden Menschen vorhersagbar!«, »Wie lange lebt mein Baby noch?«, »Lebenstest für alle?«, »Todkranker fordert: Ich will wissen, wie viel Zeit mir noch bleibt!«. Es wurden Stimmen laut, die forderten: »Die Oberste Lenkerin soll sich testen lassen!« oder: »Kein Geld mehr für überflüssige Operationen.« Die Staatskirche verlangte das sofortige Einstellen von Forschungen auf dem Gebiet der menschlichen DNS.

Mischnich zeigte sich von dem ganzen Rummel anfangs unbeeindruckt. Er veröffentlichte seine Forschungsergebnisse im *Wissenschaftlichen Journal* und bekräftigte darin seine Entdeckung eines »Lebensdauer-Gens«. Er reiste von Kongress zu Kongress, von Talk-Show zu Talk-Show und ließ sich für die Leserschaft von populären Online-Magazinen interviewen. Auf seinem eigenen Kanal *Mischnich erklärt* hielt er Vorträge in einfacher Sprache, damit jeder Mensch an seiner Entdeckung teilhaben konnte. In kürzester Zeit hatte er die halbe wissenschaftliche Welt gegen sich aufgebracht. Die andere Hälfte verlangte nach fundierteren Daten. Mischnich weigerte sich schließlich, über die eigentlichen Ziele seiner Arbeit zu berichten mit der Begründung, es handele sich um Grundlagenforschung. Man warf ihm unwissenschaftliche Methoden vor, wies ihm einige kleinere Unkorrektheiten nach und in kurzer Zeit war der Professor wieder aus den Schlagzeilen verschwunden.

Was von der Affäre blieb, war das von Mischnich erfundene und immer wieder gebrauchte Wort »Letalzeit«, das die für einen Menschen zu irgendeinem Zeitpunkt noch verbleibende Lebenszeit bezeichnet. Es wurde zum Unwort des Jahres gewählt und verschwand doch nie wieder aus unserem Wortschatz.

Das mag alles so vor circa zwanzig Jahren gewesen sein. In der Folgezeit bekamen die Menschen in unserem Land ganz andere Probleme, durch die die Gentechnik ihre Aufmerksamkeit verlor: die zunehmende Arbeitslosigkeit und die damit einhergehende materielle Not, die rigorose Zusammenstreichung der Ausgaben auf dem Bildungssektor, die massenhafte Schließung der Kindergärten und Horte (mit der Begründung, statistisch gesehen habe jede Familie mindestens eine arbeitslose Person in ihren Reihen, die die Betreuung der Kinder übernehmen könne). Damals empörten wir uns in der Familie, mit Kollegen im Betrieb, mit Freunden in der Kneipe. Doch niemand ging mehr auf die Straße, um zu demonstrieren. Die letzten, die das getan hatten, waren ein paar Windbauern gewesen, die für sich eine Arbeit im neugeschaffenen Windradmuseum in Rheine forderten, nachdem endlich auch der letzte subventionierte Windpark stillgelegt worden war.

Ich gehöre zu der Generation, die aufwuchs, als es in unserem Lande – zuerst nur für wenige bemerkbar – anfing, wirtschaftlich bergab zu gehen. Mir war früh klar, wo meine Interessen lagen und ich war heilfroh, dass ich mir beruflich einen sicheren Platz erkämpft hatte, bevor ein Studium nur noch für Millionärsnachwuchs finanzierbar wurde. Ich habe nie geheiratet und mich nie in die Politik eingemischt. Nach dem Praktikum hatte ich Glück und konnte sofort bei LabEur anfangen. Noch nicht mein eigentliches Gebiet, aber nahe daran. Nach zwei Jahren dann – endlich! – wurde ich in die Abteilung für Interdisziplinäres übernommen und konnte mich von nun an ausschließlich mit dem befassen, was ich als meine eigentliche Aufgabe ansah.

Das war zu der Zeit, als kein Mensch mehr über Mischnich sprach und die kleinen Erfolge in der Genforschung kaum noch jemanden interessierten. Wir kannten damals an die 15 000 Krankheiten, die auf das Fehlen oder den Defekt eines einzelnen Gens zurückzuführen waren. Die Zahl derjenigen davon, die wir durch Gentherapie wirklich heilen konnten, und bei denen es nicht – wie leider oft zu beobachten – zu unbeabsichtigten folgenschweren Veränderungen gekommen war, blieb dagegen verschwindend klein.

Auch auf meinem Gebiet – Untersuchungen von Fehlfunktionen bei Enzymen – gab es kein Vorankommen. Fast täglich entdeckten wir neue Einzelheiten und gleichzeitig taten sich wieder Abgründe mit neuen Fragen nach Zusammenhängen auf. Wir wurden mit Informationen zugeschüttet und jeder Versuch, eine Ordnung zu schaffen, schien zum Scheitern verurteilt. Es war tausendmal schlimmer als die Sache mit der Nadel im Heuhaufen: Ein Puzzle aus mehrdimensionalen Teilen, alle Seiten gleich bedruckt und passend nur zu genau einem ganz bestimmten Zeitpunkt – so habe ich es damals in einer Fachzeitschrift gelesen und das konnte ich nur bestätigen. Du fängst als junger Mensch hoffnungsvoll an in der Gewissheit, eines Tages wird sich alles an seinen Platz fügen. Dann merkst du, wie die Jahre zerrinnen und du kein Stück vorangekommen bist. Eines Tages erkennst du, dass deine Zeit nicht ausreichen wird. Niemandes Zeit wird das. Ein gelöstes Problem birgt immer mindestens zwei neue.

Ach ja, ... Wo war ich stehengeblieben? Bei der allgemeinen Mutlosigkeit, die nicht nur die wissenschaftliche Welt in der Zeit vor der Großen Wende ergriffen hatte. Wie anders war doch die Stimmung noch zum Beginn der letzten Dekade davor gewesen! Ich kann mich noch gut an die Euphorie erinnern, als man allgemein glaubte, mit der Gentherapie ließen sich in wenigen Jahren schlimme Peiniger der Menschheit ausmerzen. Nie wieder Alzheimer, Mukoviszidose, Aids, Arteriosklerose, Krebs ... Was wurde nicht alles vorhergesagt! Doch immer wieder kam es zu Rückschlägen. Nur dürftige, oft zweifelhafte Erfolge konnten vermeldet werden. Die Kosten für die Forschung waren immens und stiegen entsprechend auch bei der Therapie in unermessliche Höhen. So erwiesen sich auch die wenigen erfolgversprechenden Eingriffe für den normalen Bürger als schlicht unbezahlbar.

Dann lösten sich die ersten Komitees auf, die sich über Jahre mit der Frage nach einer neuen Ethik befasst hatten. Eine neue Ethik war verlangt worden für den neuen Menschen, an dessen Keimbahn, dessen Nervenzellen, dessen Gehirn Änderungen vorgenommen werden würden durch

Keimbahntherapie, somatische Gentherapie, Transplantation von Hirngewebe. Es waren eindeutige Gesetze verlangt und formuliert worden, die Euthanasie-Debatte hatte noch einmal eine kräftige Blütezeit erlebt.

Aber jetzt war das alles kein Thema mehr. Die Forschung schien nicht voranzukommen. Therapiefortschritte gab es nur durch Verbesserungen von Operationstechniken. OP-Roboter führten alle Eingriffe sicher und kostengünstig durch. Transplantationen gehörten zum Alltag – die von Hirngewebe genauso wie die von Netzhaut, Leber und Herz. Aber kein Mensch fragte mehr danach, ob fremdes Hirngewebe auch fremde Bewusstseinsinhalte mit sich brächte und die Persönlichkeit dadurch eine Veränderung erführe. Was zählte, war allein die technische Machbarkeit.

Und dann strengte Mischnich seinen Prozess gegen mich an. Für mich kam das Ganze völlig unerwartet. Ich hatte immer selbstständig gearbeitet, von einer Ausbeutung seiner Ergebnisse konnte keine Rede sein. Es ist in der Wissenschaft seit jeher üblich, dass Forschungsergebnisse anderer Wissenschaftler für die eigene Arbeit herangezogen werden, wo stünden wir denn anderenfalls heute? Deshalb war die Verwendung einiger seiner Ergebnisse über die Letalzeit des Menschen ein völlig normaler Vorgang, dessen Legalität auch von keiner anderen Seite in Zweifel gezogen wurde. Insbesondere war der Vorwurf aber lächerlich, da inzwischen das Institut für Biotechnik, an dem Mischnich noch immer tätig war, LabEur angegliedert worden war und er nicht weiter den Geheimniskrämer spielen konnte.

Seine Klage wurde abgewiesen und Mischnich verließ uns, um in Bayern, das damals schon selbstständig war, ein Labor zu leiten. Seit er sich im Ausland aufhielt, habe ich nie wieder etwas von ihm gehört, bis heute Abend ...

Ich steckte damals mitten in meinen Versuchen und bekam nicht allzu viel mit von dem, was sich sonst so in der Welt abspielte. Dass sich die Erde in zwei Lager gespalten hatte – Ost und West, war ein bisschen wie zur Zeit der Kindheit meiner Urgroßeltern. Es herrschte aber eine relative Ruhe. Kriege und Hungersnöte fanden zunehmend in den Restländern statt. Das waren die, die vorwiegend auf der Südhälfte unserer Erdkugel liegen und wirtschaftlich nicht den Anschluss finden konnten. Heute weiß niemand mehr, wie es dort zugeht, nachdem der Äquatorialkrieg mit der Neuen Waffe über Nacht beendet worden war. Es kam in der Folge zum Ost-West-Bündnis und seitdem findet alljährlich ein Ost-West-Gipfel zur Klärung der Ressourcenabschöpfung in den Restländern statt. Ich habe auch einen Verdacht, was man gegen die Überbevölkerung dort zu unternehmen gedenkt, aber damit will ich nichts zu tun haben.

Ich greife schon wieder vor. Damals jedenfalls, vielleicht ein halbes Jahr, nachdem Mischnich nach Bayern emigriert war, gelang es seinem ehemaligen Mitarbeiter Armed, der weiterhin bei LabEur am Institut für Biotechnik arbeitete, die Lebensdauer von Europäischen Eichhörnchen mit der sensationell niedrigen Abweichungsrate von +/- 10 Tagen vorauszusagen. Armed reichte seinen Bericht unter Einhaltung der Vorgaben für staatswissenschaftliche

Forschungen nach oben weiter – wir sind schließlich eine staatliche Einrichtung, und alles passiert auf dem Dienstweg. Aber die Bombe schlug nicht ein. Tagelang geschah einfach nichts. Armed hoffte von Tag zu Tag, zum Chef gerufen und begeistert in die Arme geschlossen zu werden. Er sah die Nachricht um die Welt gehen. Endlich wieder einmal ein sensationeller Erfolg! Wie sehr brauchten wir den! Nicht auszudenken, wie das den Ruf der deutschen Wissenschaft aufwerten würde. Und vor allen Dingen: Es würden wieder Gelder bewilligt werden! Wie nötig hatten wir alle einen Beweis dafür, dass unsere Arbeit etwas wert war und der Menschheit nützte.

Als Armed nach einer Woche nachhören wollte, wann seine Forschungen denn nun der Öffentlichkeit vorgestellt würden, beschied ihm der Leiter lapidar, seine Arbeitsgruppe würde aufgelöst. Das Gebiet, mit dem sich Armed befasst habe, sei nicht mehr zeitgemäß, die Ausgaben für derartige Forschungen vor den Menschen im Lande nicht mehr zu rechtfertigen. Kein Mensch habe einen Nutzen davon zu wissen, ob ein Eichhörnchen morgen oder übermorgen tot vom Ast falle. Den Wert für die Bestimmung der Letalzeit beim Menschen erkannte man nicht. Da man Armed aber für einen tüchtigen Mitarbeiter halte, der die Fähigkeit habe, sich rasch in neue Gebiete einzuarbeiten, biete man ihm die Leitung des gerade fertiggestellten wissenschaftlichen Archivs an. Auch seine bisherigen Mitarbeiter könnten dort weiterbeschäftigt werden.

Ich weiß noch gut, wie ich Armed im Labor vorfand, umringt von den Kollegen. Die Stimmung in der Gruppe schwankte zwischen offener Rebellion und Hoffnungslosigkeit. Ich konnte die Wogen glätten, indem ich die Aufrührer eindringlich auf die Folgen eventueller unbedachter Handlungen und Äußerungen hinwies. Den Job zu verlieren war so ziemlich das Letzte, was man sich damals erlauben konnte, denn die Regierung hatte im Vorjahr jegliche staatliche Unterstützung für Arbeitslose gestrichen. Es gab nurmehr die Möglichkeit, für einen Minimallohn in sozialen Einrichtungen – vorwiegend in der Altenpflege und in Suppenküchen – ein paar Ost-West-Dollar zu verdienen. Da half auch keine akademische Ausbildung mehr aus dem Elend heraus.

Armed blieb als Einziger uneinsichtig. Er wollte seine Ergebnisse veröffentlichen und seine vorgesetzte Behörde notfalls durch die zu erwartende positive Reaktion der in- und ausländischen Fachwelt überzeugen. Als er wütend das Labor verließ, eilte ich ihm nach, um ihn zu warnen: Er musste damit rechnen, dass sein Vorhaben dem Leiter zugetragen würde. Alles vergebens. Er ließ sich nicht zur Einsicht bringen, sondern richtete zuletzt seinen Zorn auch noch gegen mich.

Es war kein guter Tag für Armed. Am gleichen Abend noch wurde er auf dem Weg von der U-Bahn-Station Altes Eck zu seiner Wohnung von Unbekannten überfallen und beraubt. Unglücklicherweise trug er so schwere Kopfverletzungen davon, dass er noch während des Transportes in die Klinik starb. Wir waren alle erschüttert, als wir am anderen Morgen davon erfuhren. Die Firmenleitung zeigte sich von der noblen Seite und sorgte für ein wunderschönes, ehrenvolles Begräbnis.

Für mich blieb es lange Zeit unverständlich, wieso unser Staat aus unseren Forschungsergebnissen keine Konsequenzen zog und durch die Anwendung und Erprobung in der Praxis irgendwelchen Nutzen – in erster Linie finanzieller Art – aus dem Wissen zu ziehen versuchte. Schließlich brauchte das Land nichts so sehr wie Geld. Wozu forschten wir, wenn niemand etwas mit den Ergebnissen anfangen wollte? Es war schon erstaunlich genug, dass überhaupt noch Geld für die Forschung ausgegeben wurde. Warum ließ man forschen, wenn solche wahnsinnigen Erfolge, wie der von Armed doch einer war, in irgendwelchen Schubladen verschwanden?

Da tauchte urplötzlich Uwe Manns auf dem Aktienmarkt mit seiner *Eternity AG* auf, einer Organisation, die sich allein mit der Erforschung lebensverlängernder Abschnitte in der menschlichen DNS befasste. Es war ein gutgewählter Zeitpunkt für den Gang an die Börse, denn kurz zuvor war es erstmals gelungen, mithilfe der Gentherapie eine bestimmte Krebsart zu heilen. In einem deutschen Labor! Es funktioniert also doch! Ein Anfang war gemacht.

Für kurze Zeit, nur ein paar Jahre vielleicht, entstand so etwas wie eine Goldgräberstimmung im Lande. Alles schien auf einmal wieder möglich, was man resigniert als unrealistische Träumereien aus seinen Gedanken verbannt hatte. Ein Leben ohne Krankheiten, wenn nicht mehr für sich selbst, dann doch vielleicht für die Kinder und Enkelkinder. Man musste nur weiterhin daran arbeiten.

Es war schon ganz schön aufregend mitzuerleben, wie sich die Stimmung in der Bevölkerung änderte. Der Mittelstand investierte, Aktienbesitz war wieder so selbstverständlich wie die cash-card, drei Wirtschaftssender stritten plötzlich um die Gunst des Publikums.

Nur die Vertreter von Poor Against Rich nutzten die ihnen eingeräumte Sendezeit von fünfzehn Minuten für eine allgemeine Hetze gegen den Fortschritt. Sie glaubten damals noch an die Möglichkeit einer gesetzlichen Vorgabe zur Gleichbehandlung aller Kranken und forderten ihr angebliches Recht ein. Als wenn wir dafür noch Reserven gehabt hätten!

Ein Jahr später standen die Medien weltweit kopf: Die Gen-Kombination war gefunden, die die Letalzeit eines jeden menschlichen Individuums festlegt. Eindeutig und mit einem einfachen Test jederzeit nachweisbar.

Die Öffentlichkeit war in zwei Lager gespalten: Während die einen sich sofort einem solchen Test unterziehen wollten – was natürlich in diesem Umfang zu der Zeit schon allein rein technisch und von der Ausrüstung der Labore gar nicht möglich war – und begeistert waren von der Aussicht, eventuell ein langes Leben sozusagen im Voraus bescheinigt zu bekommen, entsetzten sich die anderen bei genau dieser Vorstellung und forderten Gesetze, die die Anwendung solcher Untersuchungsmethoden verboten.

Ich weiß von knapp zehntausend Fällen, in denen die Letalzeit ermittelt und das Ergebnis den Betroffenen mitgeteilt wurde. In der Folgezeit kam es unter diesen reihenweise zu tragischen Ereignissen. In Verkennung der Tatsache, dass das sogenannte »Lebensdauer-Gen« – was es ja in dieser Vereinfachung nicht gibt – kein Garant ist für das Überleben von Unfällen, Mordversuchen und ähnlichen Anschlägen auf die Gesundheit, wagten manche Menschen mit einer »bescheinigten« Letalzeit von vielen Jahren oder gar einigen Jahrzehnten Unternehmungen, die sie sich sonst niemals zugemutet hätten. Viele kamen dabei vorzeitig ums Leben. Andere schieden von einem Tag auf den anderen aus dem Arbeits- leben aus, hauten die Familienersparnisse auf den Kopf, verprellten ihre Freunde und führten ein ausschweifendes Leben – mit der entsetzlichen Nachricht konfrontiert, dass ihre bisherige Lebens-

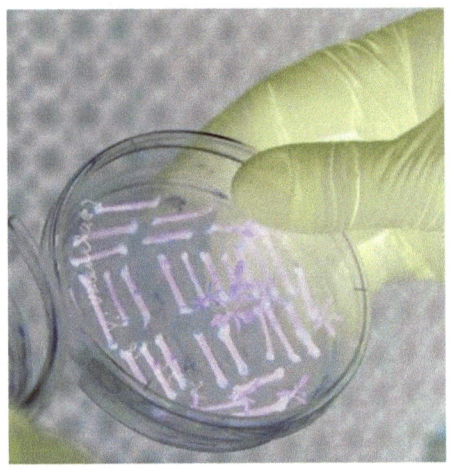

planung hinfällig war, da sie nur noch wenige Wochen oder Monate zu leben hatten. Gleichzeitig überschwemmte uns eine Antragsflut mit Wünschen nach Letalzeitfeststellungen sowohl von Privatpersonen als auch von Arbeitgebern für ihre Beschäftigten.

Kurzum – das Chaos konnte kaum größer sein. Da verübten religiöse Fanatiker ein Attentat auf das Gebäude der *Eternity AG*. Zwei Angestellte Manns' kamen dabei ums Leben. Manns selbst gab anschließend in einem Interview kund, er habe vom bevorstehenden Tod der beiden gewusst, denn er könne sehr wohl auch einen unnatürlichen Todeszeitpunkt voraussagen. Mit diesen Äußerungen – die sicherlich völlig aus der Luft gegriffen waren und mit denen er sich nur wichtigmachen wollte – löste Manns weltweit eine Welle der Empörung aus.

Kurioserweise kam es in der Folgezeit zu einem neuen religiösen Bewusstsein bei vielen Menschen. Der Blick in die Zukunft wurde mit dem Sündenfall im Paradies in Zusammenhang gebracht. Immer mehr Menschen verlangten, was das Wissen über Letalzeiten anging, den Zustand der Unschuld wiederherzustellen – was natürlich unmöglich war – oder ihn zumindest für die kommenden Generationen wieder einzuführen. Ein Ende der Forschung auf dem Gebiet der Letalzeit wurde immer heftiger gefordert.

Schließlich musste der Ost-West-Rat in Paris zu einer Sitzung der Dringlichkeitsstufe 1 zusammenkommen. Das Ergebnis war niederschmetternd – für meine Kollegen und mich, aber auch für die Menschheit: Erstmals sollte eine Entwicklung der Forschung angehalten werden – weltweit. Alle Mitglieder des Ost-West-Bündnisses verpflichteten sich, die Forschungsergebnisse auf dem Sektor der Genanalyse und Gentherapie zu ächten. Innerhalb von zwölf Monaten sollten alle damit befassten Einrichtungen abgewickelt werden. So etwas hatte es in diesem Ausmaß und mit diesen Folgen noch nie gegeben.

Kriminelle Elemente versuchten im folgenden Jahr immer wieder, diese Abwicklung der Institute zu unterlaufen, indem sie Wissenschaftler und Laborangestellte bedrohten oder zu bestechen versuchten. Aber unsere Arbeitsplätze wurden derart gut bewacht und abgeschirmt, dass mir kein einziger Fall zu Ohren kam, bei dem es gelungen wäre, wissenschaftliches Knowhow und labortechnische Verfahren nach draußen zu schaffen.

Nach einem Jahr meldete der Ost-West-Rat pünktlich: Weltweit gab es keinen einzigen Wissenschaftler mehr, der die Möglichkeit hatte und nutzte, auf dem Gebiet der Genanalyse oder Gentherapie weiterzuforschen oder die bisher bekannten Methoden anzuwenden und zu nutzen. Wir alle hatten ein entsprechendes Papier unterzeichnen müssen, nachdem die zuständige Kommission die Abwicklung unseres Institutes bescheinigt hatte.

Im Grunde genommen war es ein lächerliches Vorgehen und ich kann immer noch nicht glauben, dass es gewählte Volksvertreter weltweit gab, die der festen Überzeugung waren, Wissen ließe sich gezielt vergessen.

Was folgte, waren lapidare Meldungen über Schließungen und Umwandlungen von Instituten und Laboratorien. Neue Ziele wurden formuliert und Pläne für deren Verwirklichung erstellt: Wirtschaftliche Themen gerieten wieder mehr in den Vordergrund, brachten auch tatsächlich eine leichte Verbesserung der Lebensverhältnisse mit sich.

Die Bevölkerung strömte in Scharen zu den Vergnügungsstätten. Es waren jetzt sogenannte Top-Adventures angesagt. Das waren Massenveranstaltungen in riesigen Hallen oder unter freiem Himmel, bei denen in haarsträubenden Spielen und Wettkämpfen ein Sieger ermittelt wurde, dem als Prämie eine Burg, ein Schloss oder auch nur eine Villa zukam. Der stolze Sieger konnte aus den Reihen seiner unterlegenen Gegner drei Personen wählen, die ein Jahr lang für sein leibliches Wohl, für sein Haus oder sein Auto sorgen mussten.

Die Spiele waren ungemein beliebt. Jeden Samstag beteiligten sich landesweit bis zu 20 000 Menschen daran. Die Ausstrahlung erreichte konstant fünfzig Prozent der Bevölkerung. Als es nach einem Jahr zu den ersten Notverkäufen kam, weil die Sieger nicht mehr in der Lage waren, ihre Immobilie weiter zu bewirtschaften und auch völlig entwöhnt waren, was Arbeiten anbelangte, wurde direkt im Anschluss an die Spiele-Übertragung ein Sendeplatz eingerichtet, der es erlaubte, sich an der Versteigerung zu beteiligen und mitzuerleben, wie der Schlossherr das Feld räumen musste.

Es folgten ein paar Jahre, in denen allgemeine Ruhe herrschte. Die große Politik war in den Hintergrund getreten. Man hatte sein Auskommen, seine Unterhaltung. Mit der Armut der anderen konnte man leben. Jeder hatte ja seine Chance.

Ja, und dann kam eines Tages etwas ans Licht der Öffentlichkeit, das alles, alles verändern sollte. Der *Fortschritt* brachte eine Titelstory, die auf der ganzen Welt für Aufregung sorgte. Ich glaube, die Schlagzeile hieß ganz vorsichtig: »Nutzt der deutsche Staat die Lebensdauer-Forschung für seine Interessen weiter?« Auf der Titelseite waren Listen mit Namen und Zahlenkolonnen abgebildet, die auf den ersten Blick wenig sensationell erschienen.

Dafür hatte es der Bericht in sich. Es wurde behauptet, die ärztlichen Untersuchungen, die an sich nur beim Eintritt ins Berufsleben Pflicht waren, wären aus vorgeschobenen Motiven inzwischen bei fast jedem deutschen Staatsbürger vorgenommen worden. Sei es für einen Wechsel des Krankenversicherers, für den Ein- oder Austritt in einen Sportverein, für die Führerscheinprüfung, für die Erstuntersuchung gleich nach der Geburt und, und und ... Immer sei eine Probe auch an das Institut für polybiologische Medizin geschickt worden. Eine Ergänzung der Ausführungsbestimmungen des Erlasses zur Volksgesundheit hatte dies ohne nähere Erläuterungen zur Routine erklärt.

Ein *Fortschritt*-Reporter-Team hatte nun aufgedeckt, dass die Proben dort einzig und allein auf ihre Letalzeit untersucht wurden. Führende Wirtschaftsbosse Deutschlands, aber auch der Innen- und der Wirtschaftsminister sollten angeblich in die Affäre verwickelt sein. Wenn das alles stimmte, so lag ein eindeutiger Verstoß gegen den Beschluss des Ost-West-Rates vor.

Die gesamte *Fortschritt*-Auflage wurde sofort nach ihrem Erscheinen wegen Verdachtes auf Landesverrat beschlagnahmt, die Internetseite gesperrt. Das war genauso lächerlich wie der Versuch bewussten Vergessens von Wissen. Natürlich hatte die Nachricht schon große Teile der Welt erreicht und war über alle Medien weiterverbreitet worden. Die *Fortschritt*-Redaktion wurde vom Verfassungsschutz besetzt. Es kam zu heftigen Protesten in allen größeren Städten. Jetzt gingen die Menschen wieder auf die Straße. Sie verlangten die Aufklärung aller Vorkommnisse und Einsicht in ihre gespeicherten Daten. Die alarmierte Weltöffentlichkeit forderte eine umgehende Klärung des Falles.

Unsere Oberste Lenkerin musste nach Paris reisen und vor dem eilig zusammengerufenen Rat der Ost-West-Staaten Rede und Antwort stehen. Die Befragung war nicht öffentlich. Sie endete mit der Bekanntgabe einer Frist von sechs Monaten, innerhalb derer eine international zusammengesetzte Kommission aus Bio-Wissenschaftlern untersuchen sollte, ob die ungeheuren Anschuldigungen zuträfen.

Das Ergebnis stand schon nach zwölf Wochen eindeutig fest: Die Anschuldigungen des *Fortschritt* waren in allen Punkten berechtigt. Der deutsche Staat, dem inzwischen auch 80 Prozent aller Betriebe mit mehr als sechzig Beschäftigten gehörten, hatte flächendeckend dafür Sorge getragen, dass bei Blutentnahmen immer auch eine Probe an das Institut für polybiologische Medizin ging und dort verbotenerweise im Hinblick auf das Lebensdauer-Gen untersucht wurde. Die Daten waren nicht nur erhoben, sondern auch verwendet worden. So konnte zum Beispiel nachgewiesen werden, dass in den Staatsdienst nur noch Personen gelangten, die 1. kerngesund waren und 2. über eine hohe Letalzeit verfügten.

Der Ost-West-Rat forderte die deutsche Regierung zur umgehenden Schließung des Institutes für polybiologische Medizin sowie aller anderen eventuell bestehenden ähnlichen Einrichtungen auf und kündigte die Überwachung dieser Maßnahmen durch eine internationale Gruppe von Bio-Wissenschaftlern an.

Die Reaktion der deutschen Bevölkerung sorgte jedoch bald für eine überraschende Änderung der politischen Verhältnisse. Die Menschen zogen vor das Regierungsgebäude und forderten die Herausgabe ihrer Untersuchungsergebnisse.

Es war wohl auch beim Mann auf der Straße in all den Jahren nicht anders gewesen als in meinem begrenzten Bekanntenkreis: Jeder verwünschte insgeheim das Ende der Genforschung. Einige wenige wussten aus Untersuchungen vor der Verbotszeit über ihre Letalzeit Bescheid. Viele andere konnten den Gedanken nicht ertragen, dass in irgendeiner Schublade ein Schriftstück liegen sollte, auf dem ihre Letalzeit stand – unerreichbar für ihre eigenen Augen.

Auch die sehr kleinen Erfolge, die wir einmal in der Gentherapie vorweisen konnten, wurden wieder an das Licht der Öffentlichkeit gezerrt. Die Medien malten dem Volk eine goldene Zukunft aus, in der die Deutschen auf dem Weltmarkt eine führende Position innehaben würden. Die Schlagzeilen sprachen für sich: »Wir machen weiter!«, »Die Genforschung ist unsere Zukunft", »Wer kann uns denn noch das Wasser reichen?«, »Deutsche Wissenschaftler: Spitze!«

Rassistische und nationale Tendenzen traten plötzlich überall zutage. Mit einem neu erwachten Selbstbewusstsein lehnte eine deutliche Mehrheit der Bevölkerung eine »Kontrolle und Bevormundung« durch die Partnerstaaten ab.

Es kam zum legendären Volksentscheid in Bocklemünd, bei dem über zwei Fragen abgestimmt wurde:

1. Soll jeder Person das Recht zukommen, ihre Letalzeit zu erfahren?
2. Soll in Deutschland die Forschung auf dem Gebiet der Gene wieder aufgenommen und weitergeführt werden?

Das Ergebnis ist bekannt, jedes Kind hört heute spätestens in der Schule davon: Beide Fragen wurden mit überwältigender Mehrheit bejaht. Deutschland beschloss die Weiterführung der Genforschung, auch gegen den Willen der Partnerstaaten. Dazu gehörten unweigerlich der sofortige Austritt aus dem Ost-West-Bündnis und eine damit verbundene politische und wirtschaftliche Isolierung des Landes.

Damals jubelten die Deutschen: Wir sind wieder wer! Wir sind die Menschen, die ihre Zukunft selbst in die Hand nehmen! Wir sind die Einzigen, die ihre Zukunft planen können, denn nur wir haben das Wissen dafür!

Ich war zu der Zeit schon um einiges weiter und verfolgte die überraschende Euphorie kopfschüttelnd: Ihr würdet euch noch wundern. Euch ist doch gar nicht klar, worauf ihr euch da einlasst!

Nach zwei Monaten trat ein Versorgungsengpass ein, da die Transporte aus unserer Kolonie von den Ost-West-

Bündnisstaaten nicht durchgelassen wurden. Es bedurfte einiger, für unsere Regierung sicherlich sehr unangenehmer Gespräche, bis es nach schmerzhaften finanziellen Zugeständnissen schließlich wieder freie Bahn für unsere Lebensmittel gab.

Alle Deutschen erhielten damals ein gesetzlich verbrieftes Recht auf Auskunft über ihre Letalzeit. Dem Institut für polybiologische Medizin wurde die Bundesanstalt PopVit angegliedert, deren einzige Aufgabe in der Beantwortung von Anfragen zur Letalzeit bestand. Infolgedessen wurde eine Kategorisierung eingeführt, die zwischen Kurzlebern, Langlebern, Längstlebern und Extremlebern unterschied.

Kaum eine Frau und kaum ein Mann konnte sich damals dem gesellschaftlichen Zwang entziehen und auf die Einholung der Letalzeit-Daten verzichten. Die Menschen sahen es in kürzester Zeit als einen völlig normalen Vorgang an, etwa von ihrem potenziellen Lebenspartner Einsicht in dessen Letalzeit-Dokument zu verlangen. Warum sollte man große Gefühle in jemanden investieren, dem nur noch kurze Zeit zu leben beschieden war? Andererseits: Ein paar Jahre ließen sich sicherlich mit einem unangenehmen Menschen an der Seite verbringen, wenn man nach dessen Tod dafür finanziell gutgestellt mit dem Erbe weiterleben könnte.

Schnell kam es aber auch zu Indiskretionen der übelsten Art: Listen mit den Letalzeiten prominenter Personen wurden veröffentlicht und diskutiert. In den Talk-Shows wurden Gäste, die bekundet hatten, bisher ihre Letalzeit noch nicht erfragt zu haben und die dies auch für die Zukunft aus verschiedensten Gründen ablehnten, mit ihrer auf kriminellen Wegen eingeholten Letalzeit-Information konfrontiert und oftmals durch ihre Betroffenheit zum Gespött der Nation gemacht.

Dann trat die Unnütz-Verordnung in Kraft. Sie erinnern sich vielleicht: Es gab immer wieder Mütter, die ihre Kinder austragen wollten, auch wenn die Letalzeit des Ungeborenen wirtschaftlich gesehen einen hundertprozentigen Verlust für die Gesellschaft darstellte. Was versprachen sich Frauen davon, ein Kind zur Welt zu bringen, das nach wenigen Jahren, ohne auch nur im geringsten Maße zum Wohle der Menschheit beigetragen zu haben, mit Sicherheit sterben würde? Der Staat – wir alle – zahlten für die Erziehung, die Unterbringung, die Ausbildung, eventuell auch noch für die Pflege – und dann? Dann starb das Kind zum erwarteten Zeitpunkt und der ganze Aufwand war für nichts gut gewesen.

Die Unnütz-Verordnung (eigentlich handelte es sich dabei um einen Artikel des Gesetzes zur Ressourcen-Abschöpfung, aber kein Mensch gebrauchte diesen Ausdruck) sorgte nun dafür, dass Kinder mit einer geringen Letalzeit gleich nach der Geburt in Wohlfahrtseinrichtungen kamen, wo man sie mit dem Lebensnotwendigsten versorgte, aber gleichzeitig gezielt zu verhindern wusste, dass unnötig Zeit und Geld in sie investiert wurde. Es kam zu neuen Straftatbeständen: der Vortäuschung langer Letalzeiten und damit verbunden der Verschwendung persönlicher Kraftressourcen bei der Aufzucht und Pflege solcher Kinder im Elternhaus.

Wirtschaftlich gesehen waren diese Jahre die Zeit des großen Umbruchs. Das Gesetz zur Ressourcen-Abschöpfung brachte immense Einsparungen mit sich, vor allen Dingen bei Krankenhaus- und Medikamentenkosten. Viele Eingriffe konnten jetzt ja unterbleiben, da von vornherein feststand, dass sie das Leben nicht verlängern würden. Dafür konnten andere kranke Menschen mit oft teuren Medikamenten schnell wieder dem Arbeitsleben zugeführt werden.

Der Lebensversicherungsmarkt brach völlig zusammen. In fast allen anderen Bereichen ging es dagegen zögernd wieder aufwärts. Nicht nur der Staat, auch die Industrie und das Handwerk konnten endlich wirklich planen. Auf einmal waren auch wieder Gelder für Kindergärten und Horte da, die Schulklassen konnten verkleinert werden, selbst der Wohnungsmarkt erreichte allmählich wieder einen vertretbaren Zustand. Goldene Zeiten schienen bevorzustehen.

Aber dann kam es völlig unerwartet eines Tages zum Aufstand aller gegen alle: Die Langleber erhoben sich gegen die Kurzleber, weil letztere zunehmend die Auffassung vertraten, sie bräuchten sich in ihrem kurzen Leben nicht für den schönen langen Lebensabend der anderen abzurackern. Die Kurzleber (sie werden maximal dreißig Jahre alt) wollten eine mindestens fünfjährige Rentenzeit für sich, was von den anderen Gruppen sofort rigoros zurückgewiesen wurde. Die Langleber (bis sechzig Jahre) forderten eine gleichlange Rentenzeit wie die Längstleber (bis 85 Jahre), nämlich zehn Jahre.

Die Kurzleber verlangten, dass Gelder in die Erforschung der Umstände gesteckt würden, die sie daran gehindert hatten, zu Lang- oder Längstlebern zu werden und forderten Untersuchungen zur Reparaturmöglichkeit ihres ungeliebten Lebensdauer-Gens.

Allgemein schlecht angesehen sind auch heute noch die Extremleber. Das sind Personen, die länger als 85 Jahre leben. Sie wurden damals – auch gegen ihren Willen – in Altenlager verbracht, wo ihr Vermögen, wenn sie denn eines hatten, zum Teil in ihre eigene, zum Teil in die Verwahrung mittelloser anderer Alter floss.

Als die Längstleber dagegen protestierten, dass sie bis zum Alter von fünfundsiebzig Jahren arbeiten sollten, während sich normale Langleber schon mit fünfundfünfzig zur Ruhe begeben durften, provozierten sie damit Rentenminister Horstmann zu der Äußerung, für Längstleber könnten jederzeit ausgezeichnete Sammelstätten eingerichtet werden, in denen den Arbeitsunwilligen schon beigebracht würde, was ihr Lebensunterhalt koste.

Für Horstmann rückte bald Günzel nach. Der machte sich bei den Langlebern insbesondere wegen seiner Forderung nach einer Unterscheidung zwischen nützlichen und unnützen Langlebern beliebt. Da sich jeder Langleber für ein nützliches Glied der Gesellschaft hielt, unterstützten sie alle die Pläne des Ministers, unnütze Lang- und Längstleber, also solche, die krank oder siech sind, auf humane Art vorzeitig zu erlösen.

Um einen ersten Schritt zu tun, den Ungerechtigkeiten bei den Letalzeiten zu begegnen, kam vor zwei Jahren der Geburtenerlass. Er besagt, dass alle Schwangeren ihr ungeborenes Kind auf dessen Letalzeit hin untersuchen lassen müssen. Es dürfen seither nur noch Kinder ausgetragen werden, die Langleber sind. Weitere zweiundvierzig Tests müssen ausschließen, dass das Ungeborene eines Tages an einer der bisher nicht oder nur mit erheblichem finanziellen Aufwand zu heilenden Krankheiten leidet, die auf Gendefekte zurückzuführen sind.

Die Einsparungen, die der Staat aufgrund des Geburtenerlasses machen konnte, wurden anfangs zur Hälfte dem Ressort des Abschirmministers zugeteilt und in den Ausbau der Anlage zur Vermeidung fremder Einsichtnahme gesteckt. Die andere Hälfte floss den Einrichtungen zu, welche sich mit der Erforschung der Möglichkeit von Veränderungen am Letalzeitgen befassten.

Vor zwei Wochen hat man diese Forschungen wieder eingestellt. Eine großangelegte Begleitstudie hatte erbracht, dass unser Land die größten und sichersten Überlebenschancen hat, wenn alles so weitergeführt würde, wie es augenblicklich geschieht: Zu Geburten werden ausschließlich Langleber zugelassen. Das Problem der noch verbleibenden Kurz-, Längst- und Extremleber wird sich in absehbarer Zeit von alleine lösen. Unser Staat wird sich in ein, zwei Generationen gesundgeschrumpft haben. Das Versorgungsproblem, das trotz der Einfuhren aus unserer Kolonie doch immer irgendwie noch präsent ist, wird sich in nichts auflösen.

Ein schönes, ein neues Deutschland wird sich am Ende des ersten Jahrhunderts in diesem neuen Jahrtausend der Rest-Welt präsentieren. Ich habe daran mitgearbeitet. Und ich will das erleben. Ich habe ihnen dieses halbe Jahr in Freiheit abgeluchst, um meine Forschungen beenden zu können. Jetzt ist es so weit. Ich hätte mich vor sechs Monaten melden müssen, aber es war mir einfach unmöglich. Ich stand doch so kurz vor der Lösung, dem alles entscheidenden Ergebnis!

Ich habe damals, am Abend des siebten Mai, die Würdigung des Institutsleiters mit einer Haltung entgegengenommen, wie man sie sicherlich selten bei der Verabschiedung eines Langlebers aus der Arbeitswelt erlebt hat. Ich war völlig konzentriert, hatte meine Gedanken seit Tagen ganz und gar auf diese zwei Stunden versammelt: zwanzig Minuten dankende und lobende Worte, zehn Minuten meine nicht weniger freundliche und dankende Antwort, danach der obligatorische kleine Umtrunk mit Kollegen und Vorgesetzten und anschließend der Gang durch das Institut mit dem Entfernen aller persönlichen Dinge und dem Abschrauben des Namensschildes an der Labortür.

Ich bin danach einfach nicht zur Altenmeldestelle gefahren, sondern hierher, in dieses Domizil, von dessen Existenz mir eine Person vor Jahren berichtete, deren Namen ich nicht nennen werde, auch wenn diese Person jetzt schon seit einiger Zeit nicht mehr unter uns weilt. Wenn sie mich gleich abholen, wird es wieder ein Domizil mehr sein, das dem

Staate verraten wurde. Aber diesmal ist es der Bewohner selbst, der seine Häscher einbestellt hat. Nein, es sind ja nicht die Häscher, die kommen werden. Ich hoffe doch auf eine anständige Delegation. Vielleicht kommt der Wissenschaftsminister persönlich? Ach nein, der ist vielleicht noch gar nicht im Bilde. Ich glaube, man wird mich direkt zur Obersten Lenkerin bringen.

Wie spät ist es eigentlich? Gleich zwanzig Uhr … Um achtzehn Uhr fünfzig habe ich die Nachricht an die Oberste Lenkerin gesendet. Wieso ist noch nichts passiert? Ich weiß, dass sie jetzt in ihrem Palais ist. Die Regierung muss doch sofort informiert werden. Wieso handeln sie nicht umgehend?

Ich will, dass von meiner Entdeckung alle erfahren. In den letzten fünf Jahren habe ich immer wieder Erfolge vorweisen können bei der Reparatur defekter Gene und Gengruppen, ich habe (mit Spings zusammen) die Grundlagen für die Heilung von fünf volkswirtschaftlich schädlichen Krankheiten ermöglicht. Mein Name ist bekannt. Ich bin seit Monaten untergetaucht. Aber in dieser Zeit konnte ich endlich meine bahnbrechende Forschung auf den Zenit bringen. Es wird teuer, sehr teuer werden. Aber es ist jetzt möglich – ich habe es möglich gemacht – mithilfe eines raffinierten, allerdings recht komplizierten Eingriffs in die Keimbahn jeden (der es bezahlen kann) zum Ewigleber zu machen.

Sie sollen kommen, sie sollen mich nach dem Empfang bei der Obersten Lenkerin zu LabEur bringen, sie sollen fragen: Mein Gott, warum haben wir dich gehen lassen? Du bist jetzt fünfundfünfzig – na und? Warum haben wir bei dir keine Ausnahme gemacht?

Sie werden meinen Namen wieder an der Labortür anbringen. In den nächsten Tagen und Wochen werde ich den Fachleuten des ganzen Landes erläutern und vorführen, womit ich mich in der letzten Zeit ausschließlich befasst habe und was absolut rechtfertigt, dass ich mich damals nicht umgehend zur Alten-Meldestelle begeben habe: Ich werde ihnen demonstrieren, wie ich das Letalzeit-Gen manipuliere. Ich werde es ihnen an kürzest-lebenden Insekten vorführen, dann an Kleinsäugern und dann an einem beliebigen todkranken Menschen ihrer Wahl. Sie werden jeden Tag, jede Woche aufs Neue erst ungläubig, dann begeistert und bewundernd auf mich schauen.

Man wird mich mit Ehrungen überhäufen wollen, aber ich werde alle ablehnen mit dem Hinweis, ich habe es für die Menschheit getan.

Ich habe mir natürlich schon Gedanken gemacht, dass wir, wenn wir ansonsten so weitermachten wie bisher, als Ewigleber bald ein überaltertes Volk wären und ein überbevölkertes Land hätten. Man möchte auch eigentlich nicht unbedingt, dass genau die Menschen, die zufällig jetzt leben, in den Genuss der Ewigkeit kommen. Es sind ja doch einige Idioten darunter. Ich sehe da auch die Notwendigkeit, gegebenenfalls in Letalzeiten verkürzend einzugreifen.

Jetzt kommt ein Wagen. Mal sehen. Ach, nur der von der Alten-Abholung. Wahrscheinlich für den Spinner von nebenan. Immer noch nicht das Regierungsfahrzeug. Ich verstehe nicht, was da passiert ist, dass die so lange brauchen. Na, andererseits, wenn die wichtigen Leute demnächst ewig leben, kann man sich auch hin und wieder mehr Zeit für alles lassen.

Die Türglocke! Ich komme ...

DIE ENTSCHEIDUNG

R obert schob den Laptop zwischen die Schnellhefter und den dicken Meyerdonk. Er schwang den Rucksack über die Schulter und trat aus der Tür. Ein sonniger Morgen begrüßte ihn, kein Wölkchen unterbrach das frostige Blau. Das erste Stück auf dem Weg zu seinem Wagen legte er noch ganz in der Gewissheit zurück, das Richtige zu tun. Doch mit jedem weiteren Schritt, den er sich vom Haus entfernte, stieg diese verdammte Unsicherheit wieder in ihm auf und er setzte seine Füße zögernder voreinander. War das, was er vorhatte, richtig? Wenn er jetzt zur Vorlesung fuhr, kostete ihn das locker gut zwei Stunden. Zwei Stunden, in denen er den Stoff ebenso gut und vielleicht sogar effektiver zu Hause durcharbeiten konnte. Zwanzig Minuten brauchte er für die einfache Strecke zur Universität. Dann würde die Suche nach einem Parkplatz beginnen. Die hatte sich in der letzten Zeit immer problematischer gestaltet, da wenige Studenten so kurz vor dem Semesterende noch eine Veranstaltung sausen ließen und kaum ein Tag ohne Klausur oder mündliche Prüfung verging.

Also fünfundzwanzig bis dreißig Minuten, bis er geparkt hätte und zum Hörsaal gelaufen wäre. Meyerdonk kam selten pünktlich. Robert würde weitere fünf Minuten verlieren, die er mit dem Auspacken seines Rucksacks vertrödeln müsste. Über eine halbe Stunde verloren, bevor es überhaupt losging!

Robert blieb mit dem Autoschlüssel in der Hand vor der Wagentür stehen. War er denn bescheuert? Hatte er Zeit zu verschenken? Fünfunddreißig Minuten – im günstigsten Falle. Er konnte ja auch jederzeit in einen Stau geraten, dann war's das. Wenn er bei Meyerdonk zu spät in die Vorlesung käme, könnte er sich die mündliche Prüfung auch gleich sparen und alle Mühen, aller Eifer der letzten Jahre wären für die Katz gewesen. Er brauchte die Eins, jede andere Note war inakzeptabel. Meyerdonk hasste Unterbrechungen durch zu spät kommende Studenten. Die konnten sich noch so leise durch den Türspalt drücken und an der Wand entlangschleichen. Der Professor behielt den Delinquenten messerscharf im Blick und beendete seinen Satz erst, wenn der Unverschämte Platz genommen hatte.

Robert ließ die Hand sinken. Wenn er nicht zur Vorlesung fuhr, konnte er das Risiko vermeiden, dem Professor so kurz vor der Mündlichen unangenehm aufzufallen, und gleichzeitig gewänne er eine Menge Zeit, den Stoff der Vorlesung im Meyerdonk-Buch selbstständig zu erarbeiten. In Ruhe und ohne zeitraubende Autofahrten zwischendurch. Fünfundvierzig Minuten Vorlesung, fünfunddreißig Minuten, bis er da war, und fünfundzwanzig Minuten wieder zurück – hundertundfünf kostbare Minuten, von denen nur fünfundvierzig einen Nutzen hatten! In derselben Zeit hätte er in seinem Zimmer das Kapitel locker durchgearbeitet und zusätzlich die Stellen aus anderen Kapiteln wiederholt, bei denen er zuvor noch Lücken in seinem Wissen festgestellt hatte. Robert griff sich an die Stirn. Es war sonnenklar. Nicht zur Vorlesung zu fahren, war eindeutig effizienter. Wie hatte er nur denken können, dem alten Meyerdonk eine Dreiviertelstunde zuzuhören wäre es wert, darüber hinaus eine ganze Stunde zu verplempern! Ein Lächeln huschte über sein Gesicht, als er zum Haus zurückging.

Vor der Tür überfiel ihn aus heiterem Himmel die Panik. Was war denn plötzlich in ihn gefahren? Wie konnte er auf die aberwitzige Idee kommen, die letzte Vorlesung vor der Mündlichen fahren zu lassen? Ausgerechnet bei Meyerdonk! Robert blieb wie angewurzelt stehen. Was wäre, wenn der Professor heute genau die Themen noch einmal ausführlich erklärte, die Robert bisher nicht bis in die letzten Einzelheiten kapiert hatte? Da bekäme er in kürzester Zeit die Antworten sozusagen auf dem Silbertablett serviert, während er im Alleingang in seinem Zimmer das entsprechende Kapitel unter Umständen zwei-, dreimal lesen müsste, um zum gleichen Erkenntnisstand zu gelangen. Welche Verschwendung das wäre! Um wie viel schneller würde er den Stoff verstehen, wenn er ihn mit der sonoren Stimme des Professors vorgetragen bekäme!

Robert kehrte leichten Schrittes zum Wagen zurück, warf den Rucksack auf den Beifahrersitz und fuhr mit kräftigem Druck auf das Gaspedal los. Fünf Minuten lang trugen ihn sein Hochgefühl und eine recht hohe Fahrgeschwindigkeit über die Landstraße. Dann fühlte er vage, wie eine gewisse Verunsicherung in ihm aufkam und sich immer breiter machte. Etwas begann dabei in ihm zu bröckeln. Seine Sicherheit bekam Risse, von den Rändern her, aber auch aus ihrem Inneren heraus. Herrgott, was machte er hier auf der Straße? Wieso saß er nicht an seinem Schreibtisch, die wichtigsten Lehrbücher und seine Vorlesungsmitschriften vor der Nase? Welcher Teufel hatte ihn geritten, jetzt gewissenlos diese bescheuerte Straße entlang zu kurven, anstatt all seine Sinne auf den Lehrstoff zu konzentrieren? Robert schlug wütend mit der flachen Hand auf das Lenkrad. Da vorn, gleich hinter der Brücke, kam ein Feldweg, da konnte er wenden. Während er langsam vom Gas ging, sah er im Augenwinkel auf dem Brückenpfeiler das leuchtend rote Graffito »Nina, ich will alles!« Grimmig krallte er die Hände um das Lenkrad, als er den Wagen staubaufwirbelnd etwas zu schnell in den Feldweg setzte. Ohne Zögern wendete er und schlug auf der nur mäßig befahrenen Straße den Rückweg ein.

Es war nicht auszuhalten mit ihm. Würde er je begreifen, wie viel effektiver es war, seine Zeit selbst zu organisieren? Er wusste es doch: Im Hörsaal wurde Zeit vertan, vertrödelt, verquatscht, mit überflüssigen Fragen und ausufernden, langwierigen Antworten totgeschlagen. Zu Hause dagegen würde er gezielt das Buch aufschlagen und seine Wissenslücken in Nullkommanichts mit abfragbaren Fakten und nachweisbaren Zusammenhängen füllen. Jetzt aber los, nichts wie heim und an den Schreibtisch!

Auch wenn Robert jetzt wusste, was er wollte, stellte sich doch keine Hochstimmung mehr ein. Wie viel Zeit hatte ihn das gekostet, bis hinter diese blöde Brücke zu fahren, wo er endlich zur Einsicht gekommen war. Und vorher schon das Packen des Rucksacks. Und jetzt wieder zurück. Und wieder auspacken. Robert gab Gas. Es war klar, er hatte locker eine Viertelstunde kostbare Lernzeit verloren. Konnte er die irgendwie wieder aufholen? Wohl kaum. Er sah sich an seinem Schreibtisch sitzend im Lehrbuch nachschlagen, hektisch blättern und ohne Verstand auf die Buchstaben starren. So würde es kommen. Alle Inhalte, alles Wissen würde ihm entgleiten und kein Mensch wäre da. Der ihm mit einem simplen Hinweis auf die Sprünge helfen könnte.

Niemand bemerkte seine Not und holte ihn mit einem lockeren Spruch wieder auf den Boden der Realität zurück. Robert stöhnte laut auf. Was sollte er tun? Allein an seinem Schreibtisch war er verloren. Er konnte nicht einmal einen seiner Freunde anrufen, die säßen sicher – im Gegensatz zu ihm – pflichtbewusst in der Vorlesung. Es half alles nichts. Er musste an die Uni. Er musste sich die Möglichkeit offenhalten, jemanden fragen zu können, wenn er etwas nicht verstand. Die Mündliche war viel zu wichtig, um sich jetzt einzubilden, er bekäme den gesamten Stoff ganz allein an seinem Schreibtisch in sich hineingestopft. Heute war die allerletzte Chance gegeben, Meyerdonk um eine detailliertere Erläuterung der unklaren Punkte zu bitten. Das musste er doch ausnutzen! Darauf konnte er doch nicht hochnäsig verzichten und sich einbilden, er würde das alles auch allein hinbekommen. Wer war er denn eigentlich?!

Dieses Mal wendete Robert in einer schmalen Seitenstraße am Ortseingang. Jetzt galt es allerdings wirklich, sich zu beeilen. Die Zeit rannte ihm davon. Er verfluchte seinen Einfall von zuvor, der ihn wieder auf die Strecke nach Hause gebracht hatte. Wieso war er so verrückt gewesen? Eine Vorlesung ist eine Vorlesung und da ging man verdammt noch mal hin! Und in die letzte Vorlesung vor einer wichtigen Prüfung sowieso und ohne jeden Zweifel. Nur dann erfuhr man, was wirklich wichtig war, und nur vor Ort konnte man eventuell den nebenbei fallenden Worten des Professors entnehmen, was vom Lehrstoff vernachlässigbar war.

Robert schnaubte unzufrieden. Er sollte endlich erwachsen werden und einfach seine Pflicht erfüllen. Wütend beschleunigte er den Wagen. Gott sei Dank war heute nicht viel los auf der Straße. Sein Blick fiel auf die Uhr am Armaturenbrett und augenblicklich packte ihn das Entsetzen. Zu spät. Er würde zu spät kommen. In seinem Kopf überschlugen sich die Berechnungen von Minuten,

Entfernungen, zu fahrender und bereits zurückgelegter Fahrstrecke. Er sah sich den Wagen mit quietschenden Reifen vor dem Hauptportal der Uni stoppen und keuchend die Treppen zum Hörsaal hochhetzen. Zu spät, zu spät! Ausgerechnet heute ist Meyerdonk überpünktlich und kommentiert vorwurfsvoll schweigend und mit hochgezogenen Augenbrauen Roberts Ankunft. Das ist das Aus für die mündliche Prüfung. Alles umsonst, all die Jahre gebüffelt, immer richtig gut abgeschnitten, auf so vieles verzichtet – und dann zuletzt dem Professor negativ aufgefallen.

Vorbei, es war alles vorbei. Robert nahm eine Hand vom Lenkrad und fühlte nach den Tränen, die ihm übers Gesicht liefen. Er heulte tatsächlich. Wie war es mit ihm so weit gekommen? Er wusste nicht mehr, was er wollte. Hatte er es jemals gewusst? Ja doch, er wollte diese Prüfung bestehen. Nicht irgendwie, sondern mit einer absolut einwandfreien Eins. Und er hatte das Zeug dazu, das wusste er. Was also war los mit ihm? Wieso fiel es ihm so grausam schwer, sich zu einer läppischen Entscheidung durchzuringen? Er musste sich konzentrieren. Was wollte er jetzt, genau in diesem Moment? Robert hielt das Lenkrad in schneller Fahrt fest umklammert und horchte in sich hinein. Wollte er zur Vorlesung oder wollte er zurück an seinen Schreibtisch? In der Ferne tauchte der Brückenpfeiler auf mit der Schrift. »Nina, ich will alles!«, las er. Die Schrift kam rasch näher und wurde größer. »Ich will alles!« Das war es. Ganz einfach. Robert hielt unaufhaltsam mit triumphierendem Blick auf die Schrift zu.

ÜBER NACHT

S chlaflos. Seit Tagen. Was soll ich im Bett? Ich kriege bei dieser Hitze sowieso kein Auge zu. Linke Seite, rechte Seite, Rückenlage. Decke zur Seite geschoben. Wieder zugedeckt, ich könnte mich ja erkälten, wenn der Schweiß abkühlt. Mir reicht es. Heute Nacht werde ich es gar nicht erst versuchen. Ich schlüpfe in ein dünnes Hemd und schlendere auf den Balkon. Ich rücke die beiden Stühle gegeneinander, lege die Auflagen darauf und mache es mir mit hochgelegten Beinen bequem. Die Nacht kann kommen. Ich werde sie nicht aus den Augen lassen.

Die Luft ist angenehm. Immer noch sehr warm, aber kein Vergleich zu der stickigen, stehenden Schlafzimmerluft. Tief dunkelblauer Nachthimmel in der linken Hälfte meines Panoramas. Nach rechts dagegen zunehmend heller, die Großstadt lässt grüßen. Gegenüber die beiden Nachbarhäuser: zwei Eingänge, jeweils sechs Parteien. Links davon eine riesige Tanne, nachtschwarz. Rechts, hinter einen Erdwall geduckt, ein kleines Einfamilienhaus. Wie vertraut mir das alles ist. Auf der moosigen Grasfläche liegen perspektivisch verzogene Lichtvierecke, Hinweise auf Bewohner neben und unter mir, aus deren Wohnzimmern dieser Schimmer fällt.

Es ist kurz vor elf. Gegenüber brennt nur in zwei Wohnungen Licht. Das ist nicht verwunderlich, denn ich blicke auf die Küchen- und Schlafzimmerfenster. Die meisten halten sich vermutlich noch in ihren Wohnzimmern, die nach der anderen Seite gelegen sind, auf. Oder auf dem Balkon, so wie ich. Ich sollte mir etwas zu trinken holen. Später vielleicht.

Im Parterre rechts steht die dicke Frau am Herd. Wie jeden Abend ist sie mit Einkaufstüten beladen nach Hause gekommen und bereitet nun das Essen für den nächsten Tag vor. Zwischendurch räumt sie die Spülmaschine leer. Das fertige Essen füllt sie in Plastikbehälter, die sie im Kühlschrank stapelt. Vermutlich nimmt sie ihre Überlebens-tupperdöschen anderntags mit ins Büro.

Keine Glühwürmchen zu sehen. Schade. Aber mein Stern ist schon da. Er steht einen Fingerbreit über dem linken Schornstein. In ein paar Minuten wird er dahinter verschwunden sein. Er blinzelt mir freundlich zu und ich lächle still in mich hinein. Von weither dröhnt aus dem unablässigen Hintergrundrauschen der Autobahn der Lärm eines Motorrads heraus.

Jetzt ist mein Stern verschwunden. Dafür tut sich unten etwas. Smartie kommt nach Hause. Der junge Mann von neulich begleitet sie. Letztens gab es ein Abschiedsküsschen vor der Haustür. Heute darf er mit hinein. Oh, wie schön, eine Liebesgeschichte? Das Küchenlicht geht an, aber es dauert eine Weile, bis die beiden auf der Bildfläche erscheinen. Sie reden miteinander. Smartie steht ganz nah vor ihm.

Ich nenne Smartie Smartie, weil sie einen Smart fährt. Das ist ja ein ausgesprochen kurzes Auto, aber wenn Fahr-anfängerin Smartie versucht, damit auf ihren Stellplatz zu gelangen, scheint sie sich in einem Straßenkreuzer zu wähnen. Schräg rein, schräg wieder raus, bisschen steiler rein, wieder raus, flacher rein, vor, zurück, schräger, noch schräger. Besser geht es einfach nicht. Sie muss ja morgen auch wieder aus der Lücke rauskommen. Irgendwann hat sie dann aber den Bogen rausgehabt und es stehen seitdem auch nicht mehr so viele Nachbarn auf der Straße und an den Fenstern, um sich das anzusehen.

Jetzt schlingt sie die Arme um seinen Hals und sie küssen sich. Lang und zärtlich. Ich komme mir wie ein Spanner vor. Ja, aber wo soll ich denn sonst hinblicken? Die zwei stehen im Küchenlicht und küssen sich. Da muss man doch hinschauen. Unwillkürlich. Die Augen suchen das Licht und die Bewegung. Naja, Bewegung ist da nicht viel.

Lautes Knattern mit einem abschließenden Knall lässt mich hochfahren: Unsere Polizistin im rechten Haus links unten lässt uns allabendlich wissen, wann sie keine Blicke mehr in ihre Wohnung möchte. Morgens bekommt sie den Rollladen immerhin nicht in derselben Lautstärke hoch, welch ein Segen!

Oh, bei Smartie brennt das Licht in der Küche nicht mehr. Nur noch ein schwacher Schein aus dem Flur ist zu sehen. Und jetzt?

In der Parterrewohnung räumt jetzt auch die Parfümfrau das Geschirr aus der Spülmaschine. Gleich wird sie noch den Mülleimer raustragen. Das macht sie jeden Abend, bevor sie schlafen geht. Dann ist schon lange der Duft verflogen, den sie morgens aufträgt und der ihr den Spitznamen eingebracht hat. Wenn ich morgens früh das Haus verlasse, um zur Arbeit zu fahren, habe ich etwa hundert Meter denselben Weg wie sie zu den Parkplätzen zu gehen und weiß sofort, ob sie an diesem Tag schon vor mir unterwegs war. Ein durchdringender Duft hängt dann schwer in der Luft und ich hoffe für ihre Kolleginnen und Kollegen inständig, dass sie ein Einzelbüro hat.

Jetzt kommt sie mit dem Mülleimer. Lautlos und geruchlos, beide. Ohne das Licht im Treppenhaus einzuschalten, kehrt sie kurz darauf wieder in ihre Wohnung zurück. Sie lebt allein, seit ihr Mann vor zwei Jahren gestorben ist. Vor dem Schlafzimmerfenster blühen die Rosen, die er, bis wenige Wochen vor seinem Tod, mit der Zigarette in der Hand und auf die Fensterbank gelehnt, immer wieder angeschaut hat. Jetzt lässt sie nacheinander die Rollläden in der Küche und im Schlafzimmer herunter. Bald darauf erlöschen auch die schmalen schwachen Lichtstreifen und nichts verrät mehr, ob sie noch wach liegt.

In der ersten Etage über der Parfümfrau geht das mittelalte Ehepaar seiner allabendlichen Beschäftigung nach: Hinter den nicht vollständig zugezogenen Übergardinen flackert das Fernsehbild. Ob das wirklich der Zweitfernseher ist? Vielleicht gibt es nur dieses Gerät im Schlafzimmer, denn das ist abends immer an. Oder einer sieht in diesem Zimmer das eine Programm, der andere im anderen Zimmer ein anderes. Es kommt wohl jeden Tag etwas, das anzusehen sie für lohnend halten. Aber nie dringt ein Ton aus dem offenen Fenster, immer läuft die Sendung auf Zimmerlautstärke. Oder schläft einer von beiden schon und der andere liegt mit Kopfhörern daneben?

Jetzt geht rechts das Licht im Treppenhaus an. Als die Haustür aufgeht, tritt der langhaarige Familienvater mit seinem Hund heraus. Das halbhohe zottelige Tier kommt täglich genau dreimal nach draußen: morgens, mittags und abends. So dachte ich bisher. Jetzt also tatsächlich noch ein viertes Mal. Die Zigarette glüht im Dunkeln. Sobald sie erlischt, muss der Hund sein Geschäft erledigt haben, denn dann geht es gleich wieder zurück ins Haus. So kenne ich das im Hellen. Da wird der Hund vors Wiesenstück am Nachbarhaus geführt. Jetzt darf er gleich an der Hausecke das Bein heben. Sieht ja keiner. Und das wars auch schon. Die Glut ist aus, das Wasser gelassen, es geht wieder hinein.

Das ferne Verkehrsrauschen ist sanfter geworden. Ich hole mir ein Gläschen Wein. Mit dem vollen Glas schleiche ich durch die dunkle Wohnung und fühle mich unsichtbar. Zurück auf meinem behaglichen Beobachtungsposten lasse ich die Augen entspannt über den Himmel wandern. Wie wundervoll die Nacht ist. Oh, ganz rechts passiert etwas: Da ist garantiert wieder die Katze durch den Vorgarten geschlichen und hat den Bewegungsmelder aktiviert. Das Licht ist so stark, dass ich blinzeln und einen aufkeimenden Ärger niederkämpfen muss. Ich versuche, nicht hinzusehen, aber das funktioniert nicht und so schließe ich für eine Weile die Augen und betrachte die Bilder auf dem Innern meiner Lider.

Als ich die Augen wieder aufschlage, ist der grelle Schein verschwunden. Von Westen her bezieht sich der Himmel jetzt immer mehr. Ich hatte gehofft, vielleicht in dieser Nacht wieder für eine halbe Minute die ISS auf ihrer Bahn um die Erde verfolgen zu können. Aber das wird wohl nichts. Nicht einmal der Mond zeigt sich. Er müsste jetzt allmählich über unser Hausdach auf diese Seite gewandert sein. Doch nur ein diffuser heller Fleck lässt seinen Standort erahnen. Vom großen Wagen sind noch zwei Deichselsterne auszumachen, der Rest ist in milchigem Dunkelgrau verschwunden.

Plötzlich streifen die Lichter zweier Scheinwerfer übers Gras. Ein Blick genügt: Alfaman kommt zur Stippvisite. Alfaman ist jung, schwarzhaarig und modebewusst. Jede freie Minute widmet er seinem roten Cabrio, das er dann putzt und wienert und poliert, manchmal von den Blicken und Kommentaren umstehender Freunde begleitet. Der gepflegte Wagen ist mit seinem ebenso gepflegten Fahrer zu allen möglichen Tages- und Nachtzeiten unterwegs. Beide kommen zwischendurch immer mal wieder nach Hause. Der junge Mann verschwindet für zehn Minuten in seiner Wohnung. In der Zeit steht der blitzende Wagen mit offenem Verdeck nachlässig direkt unter dem Parkverbotsschild geparkt. So wie jetzt. Alfaman wohnt unterm Dach. Dort ist ein schwacher Lichtschein zu sehen, vom Flur her wohl. Nein, er macht weder in der Küche noch im Bad Licht an. Nie. Während ich mir ausmale, ob er jetzt vielleicht im Halbdunkel sein Zwergkaninchen füttert, das er manchmal vor dem Haus frei herumhoppeln lässt, wird es in der Wohnung schon wieder ganz finster und kurz darauf kommt er, ohne im Treppenhaus das Licht angemacht zu haben, wieder heraus, steigt in seinen Wagen und fährt davon.

Dann bin ich doch tatsächlich eingenickt und meine, als ich erwache, ein Déjà-vu-Erlebnis zu haben: Die Scheinwerfer des Alfa erlöschen gerade, Alfaman kommt wieder einmal nach Hause. Wie spät mag es sein? Oh, wohl schon früh: Im

Dachgeschoss rechts gehen alle Lichter an. Der Zeitungsmann steht auf. Ich wollte schon immer mal wissen, zu welcher Zeit jemand aufsteht, der die Tageszeitung austrägt. Jetzt könnte ich es erfahren. Aber dazu müsste ich mich erheben und drin auf die Uhr schauen. Keine Lust. Alfaman lässt sich nicht mehr blicken.

Langsam kündigt sich der Tag an. Es ist nicht nur ein wenig heller geworden, auch der Verkehrslärm nimmt wieder zu. Der Zeitungsmann kommt aus der Tür und geht mit großen Schritten zu seinem Auto. Er muss einige Male vor und zurückfahren, um an dem Alfa vorbeizukommen. Der kommende Tag wird sein, wie der vorherige war. Über Nacht ist nichts geschehen.

TRAUMHAUS

D ann geh doch«, sagte Michael, »du weißt ja, wo du uns findest.«

Ein wenig sauer ist er doch, dachte Annabell. Und die Blicke, die Sven und Mira einander zuwarfen, waren ihr auch nicht verborgen geblieben. Sie wollte keine Spielverderberin sein, aber einen weiteren langweiligen Tag am Strand würde sie nicht ertragen.

Manchmal waren die Männer ein Stück ins Meer hinausgeschwommen, doch da konnte Annabell nicht mithalten. Sie war eine miese Schwimmerin, die den Moment fürchtete, wenn der Sand unter den Füßen plötzlich schwand und sie keinen Boden mehr spüren konnte.

Mira brauchte das Meer nur als Kulisse. Es schien ihr zu genügen, ihre Vorder- und Rückseite abwechselnd der Sonne zur Bräunung auszusetzen. Einmal hatte Annabell sie dazu überreden können, am Wasser entlang bis zum Eiswagen und wieder zurück zu schlendern.

»Ich habe Urlaub, ich will mich erholen«, erklärte Mira, während sie ihre Liege wieder herrichtete. »Wenn ich gern wandern würde, hätte ich was anderes gebucht.« Immerhin lachte sie herzhaft dabei.

Annabell lächelte freundlich, aber sie wusste nichts zu erwidern. Umso wortreicher waren die Gedanken, die ihr den Rest des Tages durch den Kopf gingen und die alle ein Ziel hatten: Wie konnte sie es schaffen, Michael dafür zu begeistern, mit ihr gemeinsam etwas anderes zu unternehmen, als ewig jeden Tag am Strand zu vertrödeln? Als sie vor drei Tagen ihr Hotelzimmer am Rande des abgelegenen Nestes, das sich vom Meer abzuwenden schien, bezogen, waren sie vorher an einer Reihe kleiner Häuser vorbeigefahren, denen sie keine Beachtung schenkten, da auf der anderen Straßenseite das Meer in der Abendsonne glitzerte. Es konnte doch gut sein, dass es dort gemütliche Gassen und romantische Ecken gab. Kleine Läden mit regionalen Erzeugnissen. Sie konnten mit urigen Einwohnern in Kontakt treten und ihre Sprachkenntnisse praxisnah einsetzen.

»Wir sollten uns wenigstens mal das Dorf ansehen«, hatte sie Michael heute gleich nach dem Aufstehen vorgeschlagen. »Einfach mal durch den Ort bummeln und sehen, wie die Menschen hier so leben.«

»Das sehen wir doch schon: Einer verkauft Eis, der andere Bier und einer passt immer auf, dass wir nicht ertrinken.«

»Mehr haben wir bisher auch nicht sehen können«, erwiderte Annabell ruhig. »Wir laufen immer nur vom Hotel zum Strand und vom Strand zum Hotel. Es gibt doch garantiert in dem Dorf auch etwas zu besichtigen. Schöne alte Häuser, die Kirche, kleine Geschäfte ...«

»Die drei Häuser ... Da liegt doch der Hund begraben. Also ich will da nicht hin.«

»Schade. Dann mache ich heute eben allein einen Bummel.«

Michael blickte sie mit hochgezogenen Augenbrauen an. »Im Ernst? Und ich soll in der Zeit mit den zweien ans Meer?«

»Du kannst gern mit mir kommen.«

Energisches Kopfschütteln. »Vergiss es.«

Während des gemeinsamen Frühstücks mit den Freunden im Hotel hatte Annabell das Thema noch einmal aufgegriffen.

»Findet ihr das eigentlich nicht auch langweilig, den ganzen Tag nur am Strand zu liegen?«

»Kein bisschen«, lachte Sven. »Michael und ich stürzen uns in die Fluten und bestehen jeden Tag die wildesten Abenteuer. Stimmt's, mein Freund?«

Michael nickte unfreundlich.

»Na, und euch Frauen muss das doch gefallen. Ihr werdet von Tag zu Tag schöner, so knackig braun, wie ihr schon jetzt ausseht. Und ihr versteht euch doch auch gut, Mira, Annabell? Ich sehe euch da immer friedlich beieinander unterm Sonnenschirm.«

Annabell schwieg.

»Für mich ist das mein Traumurlaub«, meinte Mira mit Blick auf die Freundin. »Aber du hast einfach keine Ruhe im Hintern.«

»Ich möchte gern auch was sehen von der Gegend, nicht immer nur Strand, Strand, Strand. Ehrlich gesagt, kann ich bald keinen Sand mehr sehen.«

»Schatz, wir haben beide einen *Badeurlaub* gebucht«, meinte Michael aufgebracht. »Ich gehe *baden*. Dafür sind wir hier.«

»Aber doch nicht ausschließlich.« Annabell hasste sich für den weinerlichen Klang ihrer Stimme. »Ich möchte auch mal in das Dorf und etwas anderes sehen.«

»Dann geh doch«, hatte Michael gesagt, »du weißt ja, wo du uns findest.«

Jetzt stand sie wie befreit vor dem Hoteleingang und konzentrierte sich. Tief durchatmen, nicht mehr an die Szene denken. Versuchen, Michaels wütende Augen zu vergessen.

Wie kam man überhaupt in das Dorf? Ihr Hotel lag zum Strand hin ausgerichtet. Davor verlief die Straße, auf der sie gekommen waren. Die Ansiedlung versteckte sich anscheinend komplett hinter dem Hotelkomplex. Die haben wohl auch alle die Nase voll vom Strandleben, dachte Annabell. Oder man hatte ihnen diesen riesigen Touristenkasten vor die Nase gesetzt und ihnen damit Blick und Zugang zum Meer verbaut. Wie auch immer – die Dorfbewohner hatten ihre Sympathie.

Schritt man die Front des Hotels in Richtung Osten ab, gelangte man zu einem schmalen überbauten Durchgang, der tatsächlich den Blick auf eine nahe gelegene Ansiedlung freigab. Das war es, das Dörfchen. Annabell würde es erkunden, Einheimische kennenlernen und unbedingt ein Souvenir zur Erinnerung an diesen Ausflug erwerben.

Die ersten Häuser standen vereinzelt mal links, mal rechts an dem schmalen Sträßchen. Sie machten einen unbewohnten Eindruck, alle Fensterläden waren geschlossen. »Logisch. Es wird bestimmt wieder so heiß wie die Tage zuvor«, murmelte Annabell vor sich hin.

Doch schon bald darauf wurde die Bebauung dichter. Kleine zweistöckige Häuschen standen eng aneinandergeschmiegt auf beiden Seiten und sorgten für angenehmen Schatten in der schmaler werdenden Gasse. Keine Menschenseele weit und breit, dachte Annabell bedrückt, bis sie vor einem Eingang einen alten Mann sitzen sah, den Hut tief ins Gesicht gezogen. Sie wagte nicht, ihn anzusprechen.

Sie hielt Ausschau nach kleinen Läden oder einem Café, aber erst, als die Gasse in einem rechteckigen Platz mündete, wurde es scheinbar etwas lebendiger. Hier bildete ein gemauerter Brunnen mit einer Säule in seiner Mitte das Zentrum. Eine Metzgerei sah sie, einen Bäcker – vielleicht mit Café im Inneren? – und so etwas wie einen Zeitungsladen. Wurst oder Fleisch wollte sie nun wirklich nicht kaufen, aber beim Bäcker würde sie gern einen Kaffee trinken. Vielleicht konnte sie mit einer netten Bäckersfrau ins Gespräch kommen.

Die Tür des Lädchens war verschlossen. Annabell drückte noch einmal fester auf die Klinke und auch ein wenig gegen die Tür, aber das änderte nichts an der Tatsache, dass hier geschlossen war.

Sehr schade. Dann musste sie es eben mit dem Zeitungsladen versuchen. Doch als sie näher kam, sah sie das heruntergelassene Metallgitter vor dem Eingang. Was war denn heute für ein Tag?, überlegte sie. Ein stinknormaler Dienstag. Und auch kein Feiertag. Vielleicht etwas Regionales? Jetzt wollte sie es wissen und ging mit schnellen

Schritten zum Metzgerladen. Hier wies ein Schild im Inneren der Tür schon darauf hin: *geschlossen*.

Annabell drückte ihre Nase an der Schaufensterscheibe platt. Schinken und Dauerwürste hingen von der Decke und in der Kühltheke lag angeschnittene Frischwurst. Der Laden konnte nur für kurze Zeit verlassen worden sein. Wie die Bäckerei und der Zeitungsladen auch. Vielleicht waren alle auf dem Friedhof zu einer Beerdigung? Sie hatte sich offensichtlich den allerschlechtesten Tag für ihren Dorfbummel ausgesucht. Jetzt stellte es sich als Glück heraus, dass Michael nicht mitgekommen war. »Da liegt doch der Hund begraben«, hatte er gesagt. Und nun sah es ganz so aus, als hätte er recht.

Sie könnte jetzt kehrtmachen und zu den anderen an den Strand gehen. Deren Spott würde sie aushalten müssen, ganz klar. Schlimmer aber wäre ein weiterer öder Tag am Strand. Das Dorf hatte sie erkunden wollen. Jetzt lag dieser Marktplatz in der Mittagshitze wie ausgestorben vor ihr. Was hinderte sie daran, einfach weiter durch die schattigen Gassen zu schlendern? Jetzt war sie nun einmal hier, wer weiß, was es vielleicht doch noch zu entdecken gab. Und wenn sie gar nichts Interessantes fand, konnte sie immerhin zum Hotel zurück und es sich dort in der Bar bei einem Imbiss bequem machen.

Annabell wählte ein Gässchen aus, das durch seinen dunklen Schatten Abkühlung versprach. Es sah hier nicht anders aus als in der Gasse, durch die sie in den Ort gekommen war. Geschäfte gab es keine, nur Wohnhäuser. Auch hier waren alle Fensterläden geschlossen. Langsam musste sie sich eingestehen, dass es hier einfach nichts zu entdecken gab. Die Menschen hatten sich zurückgezogen, ihre Häuser verriegelt, es gab keinen, den sie freundlich mit ein paar Worten in der Landessprache begrüßen konnte.

»Bis da vorne noch, dann ist Schluss«, sagte sie laut in die leere Gasse hinein. *Da vorne* bog der Weg nach rechts ab auf einen kleinen Platz und sie erblickte unerwartet ein für dieses Dorf geradezu grotesk anmutendes Bauwerk.

»Was ist das denn?«, entfuhr es ihr und im selben Augenblick ergriff ein Schwindelgefühl Besitz von ihr. Dieses Haus! Dieses Haus kannte Annabell nur zu gut. Dieser Klotz aus grob verputztem Stein mit winzigen Fenstern wie Schießscharten war ihr aus einem wiederkehrenden Albtraum wohlbekannt.

In ihrem Traum öffnete sie stets das Portal und betrat das Gebäude voller Neugier. Sie ging die langen Flure entlang, auf deren beiden Seiten sich Tür an Tür reihte. Alle standen offen und zeigten identische Büroräume. Doch in keinem war jemand. Sie ging die Treppe am Ende des Ganges hoch und auf der nächsten Etage bot sich dasselbe Bild. Räume mit identischer Einrichtung: graue Schreibtische, auf jedem ein gläserner Ablagekorb und ein ulkiges altmodisches Telefon, dunkelgrüne Bürostühle, Metallregale voller Aktenordnern – aber kein Mensch hielt sich hier auf. Auch im Stockwerk darüber war es nicht anders.

Im Traum wollte sie dann so schnell wie möglich dieses unheimliche Gebäude wieder verlassen, doch welchen Weg sie auch immer wählte – sie fand den Ausgang nicht. An den Enden jedes Flurs führte eine Treppe aufwärts und eine abwärts. Sie war ebenerdig in das Haus eingetreten, musste also nur wieder so weit nach unten gelangen, bis sie an einem der beiden Flurenden das Portal fand.

Sie war jetzt schon so viele Treppen hinabgestiegen, hatte mindestens vier Stockwerke hinter sich gebracht – da konnte etwas nicht stimmen! So viele Etagen hatte das Haus gar nicht. Allmählich geriet sie in Panik und wenn dieses Gefühl sie völlig zu übermannen drohte, erwachte sie gewöhnlich schweißgebadet.

Annabell starrte auf das Gebäude. Wie konnte das sein? Wie konnte das Haus aus ihrem Albtraum hier in diesem trostlosen und menschenverlassenen Dorf wie selbstverständlich auf diesem Platz stehen? Sie war ganz bestimmt noch nie im Leben hier gewesen und doch war ihr der Anblick vertraut, als käme sie jeden Tag hier vorbei. Dieses Portal – es zog sie förmlich an. Dabei war ihr nur zu deutlich bewusst, dass sie es von innen nie wiedergefunden hatte. Ein Eingang, der kein Ausgang war.

Alles in ihr wollte weg von diesem Haus, gleichzeitig fühlte sie ihre Füße wie im Boden angeschraubt. Sie war zu keinem klaren Gedanken fähig.

In diesem Augenblick öffnete sich das Tor und zwei Personen traten ins Sonnenlicht hinaus. Der Mann und die Frau überquerten plaudernd den Platz und bogen gleich in die nächste Gasse ein. Die Tür fiel im Zeitlupentempo hinter ihnen zu.

Hier lebt doch jemand, schoss es Annabell durch den Kopf, und Leben kehrte augenblicklich auch in sie zurück. Was immer auch dahinterstecken mochte, dass dieses Haus ihr so bekannt vorkam – es musste ein Irrtum sein. Eine Ähnlichkeit bestand sicher zu dem Haus in ihrem Traum, aber mehr auch nicht. Da drin lebten und arbeiteten Menschen wie überall auf der Welt. Und eine Tür ist eine Tür, durch sie kann man ein Haus betreten und selbstverständlich auch wieder verlassen. Letzteres konnte sie ab sofort sogar für diese eine besondere Tür dort bezeugen.

Eine Welle von Mut überschwemmte Annabell, als sie jetzt mit festem Schritt über die glitzernden glatten Steine auf das Tor zu schritt. Ein Griff nach der Klinke, ein energisches Ziehen, und schon lag der lange Flur vor ihr, den sie so gut kannte. Zögernd betrat Annabell das Gebäude. Sie betrachtete die Innenseite die Tür ganz genau und nahm sich fest vor, auf dieser Etage zu bleiben und keinesfalls das Treppenhaus zu benutzen. Diese Tür wollte sie unbedingt jederzeit sehen können.

Etwas war anders als in ihrem Traum, aber was bloß? Ihre Augen schweiften den Gang entlang. Die Türen! In ihrem Traum standen alle Bürotüren offen, hier hingegen waren alle zu. Sie überlegte: Das konnte bedeuten, dahinter wurde gearbeitet, da saß ein Mensch, ein ansprechbares, lebendiges Wesen. Wie wunderbar. Im schlechtesten Fall waren alle gerade in die Mittagspause gegangen wie die beiden, die sie vorhin beim Verlassen des Gebäudes beobachtet hatte.

Wenn sie nicht nachsah, würde sie es nie erfahren, dachte Annabell und klopfte mutig an die erste Tür. Nichts geschah. Noch einmal klopfte sie, jetzt fester, und rief anschließend: »Hallo, darf ich reinkommen?«

Niemand antwortete und so drückte sie schließlich die Klinke herunter und öffnete die Tür so weit, dass sie den Raum überblicken konnte. Augenblicklich wurden ihre Knie weich und sie umklammerte den Türgriff fester. Alles war da, genau wie sie es kannte: der graue Schreibtisch mit dem gläsernen Ablagekorb darauf, das altmodische Telefon, der dunkelgrüne Bürostuhl, das Metallregal voller Aktenordner.

»Hallo, ist hier jemand?« Diese raue Stimme musste ihre eigene sein. Sie erkannte sie kaum. Natürlich antwortete niemand, außer ihr war hier kein Mensch. Sie lauschte. Plötzlich durchbrach ein Knistern die Stille und im selben Moment nahm sie eine Bewegung wahr: Neben dem Telefon entfaltete sich langsam ein zerknülltes Butterbrotpapier. Daneben lag ein angebissener Apfel. Jemand musste das Büro gerade erst verlassen und sein Essen mitgenommen haben. Sicher gab es einen Gemeinschaftsraum im Haus, wo sich die Angestellten mittags zusammensetzten und ihr mitgebrachtes Pausenfrühstück verzehrten.

War da nicht doch ein Murmeln von irgendwo im Haus zu vernehmen? Auf Zehenspitzen verließ sie das Büro und schloss die Tür hinter sich. Dann warf sie einen schnellen Blick zu der Pforte. Ihre Fluchttür ruhte unverändert in ihren Angeln.

Annabell klopfte an die nächste Tür. »Hallo, ist jemand da?« Als keine Antwort kam, machte sie auf und fand haargenau dasselbe Bild vor wie im ersten Zimmer.

An der dritten Tür wartete sie, nachdem sie geklopft hatte, eine eher unhöflich kurze Zeit und riss die Tür mit Schwung auf. Das reichte! Auch hier sah es genau wie in ihrem Traum aus. Außerdem erblickte sie neben dem Telefon einen angebissenen Apfel und ein zerknülltes Butterbrotpapier. Wie konnte das sein? Misstrauisch ging sie noch einmal in das zweite Büro. Hatte sie etwas übersehen? Wahrhaftig! Auch hier der Apfel und das Papier. Und in jedem Apfel die gleiche noch frische Bissspur, kaum gebräunt.

›Das kann alles nicht wahr sein. Werde ich verrückt?‹ Annabell stand wie gelähmt auf der Schwelle. Wer spielte ihr diesen unheimlichen Streich? Wer hatte dies alles inszeniert? Wer wusste überhaupt von ihrem  Traum? Niemand! Sie hatte keinem Menschen jemals davon erzählt.

Sie musste der Sache auf den Grund gehen. Annabell rannte von Tür zu Tür und riss eine nach der anderen auf. Überall bot sich ihr derselbe Anblick. Alle Räume zeigten ein identisches Bild. Nichts, aber auch gar nichts unterschied einen vom anderen.

Erschöpft setzte sie sich schließlich am Ende des Flurs auf die Treppenstufen. In welchen Film war sie hier geraten? War das Ganze wieder nur ein Traum? Dann will ich sofort aufwachen, dachte sie. Aber es passierte nichts. Wenigstens hatte sie die rettende Tür nicht aus den Augen verloren. Immer wieder hatte sie sich ihrer unveränderten

Anwesenheit vergewissert. Dort ging es hinaus. Sie würde keinesfalls die Treppe benutzen und sich auf eine andere Etage verirren. Was sie hier gesehen hatte, war eindeutig. Oben würde sie nichts anderes erwarten.

Plötzlich vernahm sie wieder das Murmeln. Was mochten das für Menschen sein, die hier arbeiteten? Waren das überhaupt Menschen? Sahen die auch alle gleich aus? Sie konnte dumpfe leise Stimmen, ein Gespräch zwischen zwei oder drei Personen ausmachen, aber so leise, dass sie kein Wort verstehen und nicht einmal erkennen konnte, ob es die Landessprache war. Woher mochte es bloß kommen?

Nein, sie würde oben nicht nachschauen. Auf keinen Fall. Annabell erhob sich. Sie sollte jetzt hinausgehen und den Albtraum hinter sich lassen. Langsam schritt sie durch den Flur, immer den Ausgang an seinem Ende fest im Blick und mit dem Wissen, wie es hinter jeder der Türen links und rechts von ihr aussah.

Täuschte sie sich oder war das Murmeln lauter geworden? Jetzt vernahm sie auch Schritte. Zuerst über ihr, dann eindeutig auf der Treppe in ihrem Rücken. Gleich würden sie das Erdgeschoss erreichen und sie entdecken.

Annabell rannte los. Sie rannte zum Ausgang. Griff nach der Klinke, drückte sie runter und warf sich gegen die Tür, die sofort nachgab. Sie stürzte nach draußen und war augenblicklich von dem gleißenden Sonnenlicht geblendet. Bloß nicht stehen bleiben!

Vor ihr lag der menschenleere kleine Platz mit den glitzernden Steinplatten. Sie flog förmlich darüber und lief, so schnell sie konnte, durch die Gassen. Vom Rand des Dorfes aus konnte sie ihr Hotel sehen. Dorthin, dorthin, in ihr Zimmer wollte sie nur noch.

Erschöpft fiel sie kurze Zeit später auf ihr Hotelbett und schloss die Augen. Wie gut das Dunkel tat! Jetzt bloß nicht mehr an das Erlebte denken. Sie musste ihre Gedanken ordnen und versuchen, zur Ruhe zu kommen.

»Schon wieder zurück?«

Das war Michaels Stimme. Annabell blinzelte und stützte sich auf die Ellbogen. Sie sah ihn schweigend an.

»Ich sehe gar keine Souvenirs. War wohl nichts los in deinem Dorf?«

Sie zögerte. »Nein. Alles ausgeflogen.«

»Siehst du, ich habe es dir doch gleich gesagt. Jetzt mach dich fertig, wir wollen uns um sechs mit Mira und Sven im Restaurant unten treffen. Ich geh schon mal vor.«

Ein Küsschen auf die Wange.

Wir wollen das? Das war Annabell neu. Aber egal, alles war ihr recht, wenn sie nur ihren Albtraum vergessen konnte. Wie lange hatte sie wohl geschlafen? Sie *musste* das alles geträumt haben, ganz gewiss. Sie war überhaupt nicht in dem Dorf gewesen. Es gab keinen Grund, noch immer diesen heftigen Druck auf der Brust zu spüren.

Annabell erhob sich und ihr Herzschlag setzte augenblicklich aus. Auf dem Nachttisch lag ein Apfel mit frischen Bissspuren, kaum gebräunt.

VIKTOR NIMMT EIN BAD

V iktor griff nach dem grünen Band. Es ließ sich nicht einfach über die Kanten der Schachtel streifen, dafür saß es zu fest. Er probierte es noch eine Weile, aber ohne Erfolg. Schließlich nahm er eine Schere und schnitt das Band durch.

Blauschwarz schimmerte die Schachtel, es war nicht leicht, die Aufschrift zu entziffern. Er erkannte zuerst nur einzelne Buchstaben in allen denkbaren dunklen Grüntönen. Erst nach eingehender Betrachtung erfasste er ihren Sinn. *Smaragdkolloid* stand da, einmal um alle vier Kanten herum. Darunter war eine altertümliche Badewanne auf vier geschwungenen Füßen abgebildet. Viktor lächelte. Wohl ein Badezusatz. Der Name klang edel. Wertvoll. Vielleicht sogar gesund? Jedenfalls sah es Lena ähnlich. Das Päckchen musste von ihr sein. Wer sonst würde ihm so etwas in einer unauffälligen Brötchentüte vor die Haustür legen? Er wollte sie gleich anrufen und ihr sagen, dass er sie sofort durchschaut hatte. Aber erst würde er ein heißes Bad nehmen und alle Spuren der ebenso heißen Nacht mit Melanie abwaschen. Wenn er in der Wanne läge, fiele ihm sicher auch eine glaubhafte Geschichte für Lena ein. Warum er auf ihr Klingeln nicht geöffnet hatte. Warum sein Handy ausgeschaltet war. Was sollte er ihr sagen? Dass ihm ihre

Kontrollsucht gewaltig auf die Nerven ging? Er hasste es, wenn sie immer genau wissen wollte, wohin er ging, mit wem er zusammen war, was er mit Freunden unternahm, warum sie dies oder jenes taten und wie lange das dauern würde. Und wie er ihren esoterischen Quatsch hasste! Seit einiger Zeit konnte er die Ohren perfekt auf Durchzug stellen, wenn sie ihm wieder mit irgendwelchen seltsamen Empfindungen und ihren seherischen Fähigkeiten kam. Und Sex gab es auch nur, wenn die Sterne richtig standen. Da war Lenas Freundin doch ein ganz anderes Kaliber. Als er Melanie gestern Abend zufällig traf und sie in einem Anflug von Übermut zu sich einlud, hatte er schon gewisse Absichten. Dass es aber so einfach war, bei ihr ans Ziel zu gelangen, hatte er nicht gedacht.

Vielleicht sollte er Lena endgültig abschießen. Einfach sagen: »Es ist aus.« Kurz und knapp und ohne dass er noch argumentieren müsste. Dann wäre auch endlich Schluss mit ihren »Liebesgrüßen«. So nannte Lena den Kitsch, den sie ihm zu jeder unpassenden Gelegenheit mitbrachte und bei dessen Anblick Melanie letzte Nacht einen Kicheranfall erlitten hatte.

Heute immerhin mal kein Mistzeug, sondern sogar etwas Brauchbares. Zu spät, Lenalein, schmunzelte Viktor. Ich nehme jetzt ein entspannendes Bad. Danach bin ich erholt und gestärkt und sage dir am Telefon goodbye.

Neugierig öffnete er die Schachtel und entnahm ein blauschwarz schimmerndes Glasfläschchen. Viktor starrte in die leere Schachtel. Er erwartete einen Zettel mit einer Gebrauchsanweisung oder wenigstens Reklame für weitere Produkte der Firma. Welcher Firma? Er untersuchte die

Schachtel genauer. Auf der Unterseite fand er schließlich noch etwas: Da stand in winziger Schrift »42«. Was war das? Bestimmt keine Herstellerbezeichnung. Ein Verfalldatum kam auch nicht infrage. Da war aber noch etwas. Noch kleiner als die Zahl. Jetzt begann die Sache, ihn zu interessieren. Viktor holte die Lupe und griff sich an den Kopf, als er erkannte: »42°«. Na klar, die Temperatur! Die Bade-temperatur! Auf dem Fläschchen fand er dieselbe Angabe erst, nachdem er das kleine Stück Stoff, das den Verschluss umhüllte, abgenommen hatte: Auf dem Korken war dieselbe alte Badewanne wie auf der Schachtel zu sehen, darüber stand »42°«.

Da brauchte man ja ein Badethermometer, dachte Viktor amüsiert. So weit kommt es noch! Er wusste selbst, wann er sich in seiner Wanne wohlfühlte. 42° – war das nicht ziemlich heiß? Das wäre ihm nur recht. Er verspürte tatsächlich gerade ein Bedürfnis nach Heißem und Dampfendem. Ich könnte mir einen Tee mit in die Wanne nehmen, dachte er, dann wird das ein kleines Badefest, für mich ganz allein.

Er stöpselte den Abfluss der Wanne zu und öffnete den Hahn. Sehr heißes Wasser strömte ein. Vergnügt vor sich hin summend stieg Viktor aus der kurzen Sporthose und dem coolen T-Shirt, die er beide so gern zu Hause trug. Zusammen mit den Socken kam das alles in die Wäsche. Viktor betrachtete sich im Spiegel. Er sah gut aus, keine Frage. Er hatte Chancen bei den Frauen. Das wusste er und das zeigten sie ihm auch. Warum sollte er sich weiter nur an Lena verschwenden? Das Abenteuer mit Melanie könnte einen guten Anfang für ein neues, freieres Leben markieren.

Er ging in die Küche und bereitete alles für den Tee vor. Dann setzte er den Kessel auf und schaltete die Herdplatte ein, nur auf mittlerer Stufe, denn er wollte noch in Ruhe nachsehen, welchen Film er nach dem Bad einlegen könnte.

Aus dem Badezimmer quollen dicke Dampfwolken. Es war genug Wasser für ein Vollbad eingelaufen. Viktor stellte den

Zulauf ab und fühlte mit einem Finger, ob die Temperatur angenehm war. »Puh! Ganz schön heiß! Aber es wird gehen.«

Er bekam nach vorsichtigem Hantieren den Korken aus dem Fläschchen gezogen und hielt sogleich die Nase daran. Die Flüssigkeit verströmte einen unbekannten Duft, schwer und metallisch, schien es ihm. Auf jeden Fall eine männliche Note. Irgendeinen süßlichen Blumenduft hätte er sofort in die Toilette wandern lassen. Aber das Zeug hier war in Ordnung.

Er verteilte den Inhalt sorgfältig über die gesamte Wasserfläche und warf das leere Fläschchen in den Kosmetikeimer. Im Badewasser zeigten sich dunkelgrüne Schlieren, die er mit beiden Händen genüsslich verteilte, bevor er vorsichtig in die Wanne stieg.

Smaragdgrün, dachte Viktor, als er es geschafft hatte, bis zum Hals in das heiße Wasser einzutauchen. Sein Blick glitt fasziniert über die ruhige Wasseroberfläche. Das Badewasser schimmerte in zartem Frühlingsgrün, dazwischen funkelte es sattgrün wie ein lebendiger, gesunder Laubwald. Überall schien aber auch ein tiefdunkles Schwarzgrün durch und ein metallisches Glänzen verlieh dem Ganzen ein kostbares Flair.

Viktor schloss die Augen. Er fühlte sich überwältigt von dem Gefunkel und ließ das wohlige Gefühl, das im heißen Wasser aufkam, bereitwillig seinen ganzen Körper durchströmen. Das Zeug war wirklich nicht übel. Auch sein Duft. Viktor atmete tief ein und versuchte, mit jedem Atemzug ein Maximum des wohlriechenden Aromas in sich aufzunehmen. Er fühlte sich wie auf Wolken, alle Schwere war von ihm abgefallen. Langsam versank er in einen Schlummer.

»Pfff, pfff, pfff, ...« Ein schwaches Geräusch, das wohl schon einige Zeit ertönte, drang allmählich in Viktors Bewusstsein. Er konnte damit nichts anfangen, fühlte sich auch nicht gemeint. Aber es störte trotzdem. War er nicht gerade noch auf einer wunderbaren Reise gewesen? Viktor wollte weiterträumen und dieses himmlische Wohlgefühl behalten, von dem er spürte, wie es sich gerade anschickte, sich zu verflüchtigen. Wo war er eigentlich? Als er die Augen aufschlug, erfasste er die Situation nicht sofort. Er lag in der Badewanne, es war offensichtlich sein Badezimmer. Stimmt, er hatte sich etwas Gutes tun wollen, weil ihm irgendetwas Unangenehmes bevorstand. Was war das doch gleich? Ach, Lena. Mit der wollte er Schluss machen. Na, das war ja wohl einfach. Wieso hatte er sich da Gedanken gemacht? Er würde sich nicht mehr bei ihr melden. Und wenn sie anriefe, bekäme sie einen knappen Bescheid von ihm. Sollte er noch erwähnen, dass er dann auch bitte in Zukunft keine »Liebesgrüße« mehr vor seiner Tür finden möchte? Obwohl – ihr letzter Gruß war ja wirklich nicht schlecht gewesen. Dieses Badeöl war klasse. Blöd nur, dass er keine Ahnung hatte, wo es das zu kaufen gab.

»Pfff, pfff, pfff, ...« Was war das? Vielleicht sollte er doch einmal nachsehen. Viktor hob langsam den rechten Fuß aus dem Wasser und erstarrte. Jetzt erst sah er, dass sein Badewasser eine eklige graugrüne Farbe angenommen hatte. Puh, das sah ja abscheulich aus. Nie im Leben wäre er freiwillig in eine solche Brühe gestiegen. Was war denn passiert? Egal, er musste hier raus. Das war einfach nur widerlich.

Viktor versuchte aufzustehen. Aber er fühlte sich unglaublich schwer und kam einfach nicht hoch. Als er schließlich beide Arme herausgehoben bekommen hatte, betrachtete er sie voller Widerwillen: Eine schleimige graugrüne Masse umschloss beide vollständig. Lange schwere Fäden troffen zähflüssig herab und versanken im Badewasser, wobei sie kleine Trichter bildeten. So konnte er nicht aus der Wanne steigen. Damit würde er das ganze Badezimmer versauen. Das musste er vorher abspülen. Wieso war das Wasser überhaupt so eklig knatschig und glibberig geworden?

Als er mit der einen befreiten Hand den Hahn aufdrehte, floss angenehm temperiertes klares Wasser hervor. Sofort hielt er beide Arme unter den Strahl, spürte das aufprallende Nass und atmete auf. Aber im selben Augenblick bemerkte er, dass etwas überhaupt nicht stimmte: Der Schleim löste sich nicht auf, vielmehr schien er durch das lauwarme Wasser noch fester zu werden. Viktors Arme überzogen sich jetzt mit einer Art grünschlammiger Kruste. Oh Gott! Was jetzt?

»Pfff, pffif, pffiii , ...«, ertönte es um einige Dezibel intensiver als zuvor. Und nun wurde Viktor auch klar: Das war sein Teewasser, das auf dem Herd langsam in Fahrt kam. Er hatte es völlig vergessen. Die Herdplatte war noch an. Himmel! Aber, nein, ruhig bleiben. Ist ja nur Wasser. Da kann so schnell nichts passieren. Erst einmal musste er hier aus dieser idiotischen Situation herauskommen. Warmes Wasser hatte nichts gebracht, die Sache eher noch verschlimmert. Ruhig bleiben, Viktor! Als du in die Wanne eingestiegen bist, war doch alles in Ordnung. Was war da anders gewesen? Na klar, die Temperatur! Dass er da nicht gleich draufgekommen war. 42°, er sah den Hinweis auf dem Fläschchen direkt wieder vor sich. Heiß musste das Wasser sein, damit sich das scheußliche Zeug, in dem er noch immer saß und das er kaum anzusehen wagte, wieder verflüssigte.

Mühsam werkelte er mit seinen grotesk verpackten Händen am Wasserhahn, bis endlich sehr heißes Wasser floss. Augenblicklich empfand er, dass sich die träge Masse, in der er saß, veränderte. Die Wärme ließ sie etwas weicher und dünner werden. Der Abfluss! Mein Gott, der Abfluss! Viktor schlug sich mit der Hand an den Kopf. Er hätte längst versuchen müssen, den Wanneninhalt durch den Abfluss loszuwerden. Es gelang ihm, den Hebel herumzulegen, sodass sich irgendwo unter seinen Waden tatsächlich der kleine stabile Metalldeckel hob.

»Pffiii, pfiii, pfiiii ...«, brachte sich der Kessel energisch in Erinnerung. Viktor versuchte, das nervende Geräusch aus seinem Bewusstsein auszublenden. Viel wichtiger war, dass diese widerwärtige Masse verschwinden musste, und zwar schnell. Sofort. Er wollte sie von seiner Haut haben, aus seiner

Wanne, aus seinem Leben. Viktor hielt die linke Hand unter den dampfenden Wasserstrahl und begann, sie mit der rechten Hand kräftig zu schrubben. Augenblicklich setzte eine Veränderung ein: Die Kruste wurde weich und dunkler. Gott sei Dank, das war es! Heiß musst das Zeug werden, damit es sich abwaschen ließ. Ein Hochgefühl machte sich in ihm breit und verdrängte die kleine Panik, die sich kurz zuvor hatte ankündigen wollen. In wenigen Minuten würde er diesen Dreckskram, diesen Albtraum besiegt haben.

Während Viktor Hände und Arme, die jetzt ein sattes Dunkelgrün angenommen hatten, weiter eifrig in dem heißen Strahl wusch, glitt sein Blick über die wabbelige Masse, in der er saß. Sie erschien ihm nicht mehr so zäh wie zuvor. Und dort wo das heiße Wasser auftraf, zeigte sich ein immer größer werdender dunkelgrüner Fleck im schlammigen Graugrün. Hier wurde die Masse dünnflüssiger. Am Wannenrand konnte er an einer schmalen graubraunen Kruste außerdem ablesen, dass sein Bade„wasser" im Sinken begriffen war. Aufatmend schloss er die Augen. Er war wieder Herr der Lage. In wenigen Minuten ...

»Pffiiieee, pfiiieeee, pfiiiiiee ...«

... ja, in ganz wenigen Minuten wäre er hier raus und nur noch einmal ein bisschen später würde Viktor auf der Couch sitzen, seinen Tee genießen und über diesen schlechten Traum hier nur noch verwundert den Kopf schütteln können.

Ihm war auf einmal so leicht zumute. Alle Bedrängnis, die er verspürt hatte, löste sich zusammen mit seinem Badeglibber auf. 42° war eine recht ordentliche Temperatur, fand er. Verdammt heiß jedenfalls. Wenn das hier überstanden war, würde er nie wieder so heiß baden. Da war er sicher. Und noch sicherer wusste er, was er mit Lena anstellen würde, wenn er sie noch einmal in die Finger bekäme. Diesen Hokuspokus würde sie ihm büßen und nicht zu knapp.

Viktor spürte, Arme und Hände waren so rein, wie er es sich nur wünschen konnte. Vielleicht sollte er jetzt noch einmal versuchen aufzustehen und den Rest mit der Brause abzuwaschen. Er schlug die Augen auf und blickte sich überrascht um. Hatte er sich denn hingelegt? Nein, er saß doch noch. Wieso kam er sich dann kleiner vor? Seltsam. Vor allem wollte er jetzt aber wissen, ob Hände und Arme, die er ja so intensiv im heißen Wasser gereinigt hatte, wieder in Ordnung waren.

Entsetzt erblickte er vor sich zwei dürre schwarzgrün schimmernde Stäbe, von denen es unaufhörlich tropfte. Er wollte sie von sich schieben, da vollführten sie groteske Bewegungen, immer wieder. Bis ihm klar wurde: Das waren die Reste dessen, was einmal seine Arme gewesen waren. Sie endeten in einem unbestimmten kläglichen Knubbel, ohne dass noch eine Spur von seinen Händen vorhanden gewesen wäre.

Viktor schrie auf. Was geschah hier?

»Pffiiiieee, pfiiiiiiieeeee, pfiiiiiiieeeee ...« stimmte der Wasserkessel in der Küche mit ein.

»Ich muss hier raus«, schluchzte Viktor in Panik. Automatisch griff er nach dem Wannenrand, um aufzustehen, aber er hatte nichts mehr, womit er zugreifen konnte. Er hatte keine Hände mehr. Er konnte nicht einmal das immer noch zulaufende heiße Wasser abstellen. Verzweifelt versuchte er sich aufzurichten, aber er bekam keinen Fuß auf den Wannenboden aufgesetzt. Was war los mit ihm?

Viktor hob, von einer bösen Ahnung erfüllt, ein Bein aus dem jetzt fantastisch schillernden grünen Badewasser. Er hatte keinen Fuß mehr. Er hatte auch kein Bein mehr. Stattdessen ragte ein lächerlicher grüner Stecken in die Höhe. Viktor heulte auf. Er riss alle Kraft, die ihm geblieben war, zusammen und bäumte sich auf. Es half nichts. Er löste sich auf. Er löste sich einfach auf. Und er konnte nichts dagegen tun. Rein gar nichts.

Der Wasserspiegel war inzwischen erheblich gesunken. Durch den Abfluss verschwand jetzt in jedem Augenblick wesentlich mehr, als durch den Hahn zulaufen konnte. Viktors Körper sank mit dem Wasserspiegel. Er wurde immer dünner und kleiner. Von allen Seiten her löste die Flüssigkeit Viktor auf und nahm ihn mit sich.

Begleitet von einem anhaltenden »Pfiiiiiiiiiiiiieeee ...!« verschwand er mit dem letzten Strudel endgültig aus dieser Welt.